ォーティーン〉
拓村からの帰還

澤地久枝
Sawachi Hisae

a pilot of wisdom

目次

ソビエト連邦
満　州
（中国東北部）
満州里
ハバロフスク
虎頭
イマン
ウスリー河
ハルビン
水曲柳
牡丹江
新京
吉林
拉法
少女の行程
敦化
図們
ウラジオストック
会寧
通化
奉天
万里の長城
錦県
葫蘆島
山海関
北京
朝鮮
大連
旅順

少女の行程

澤地家家系図

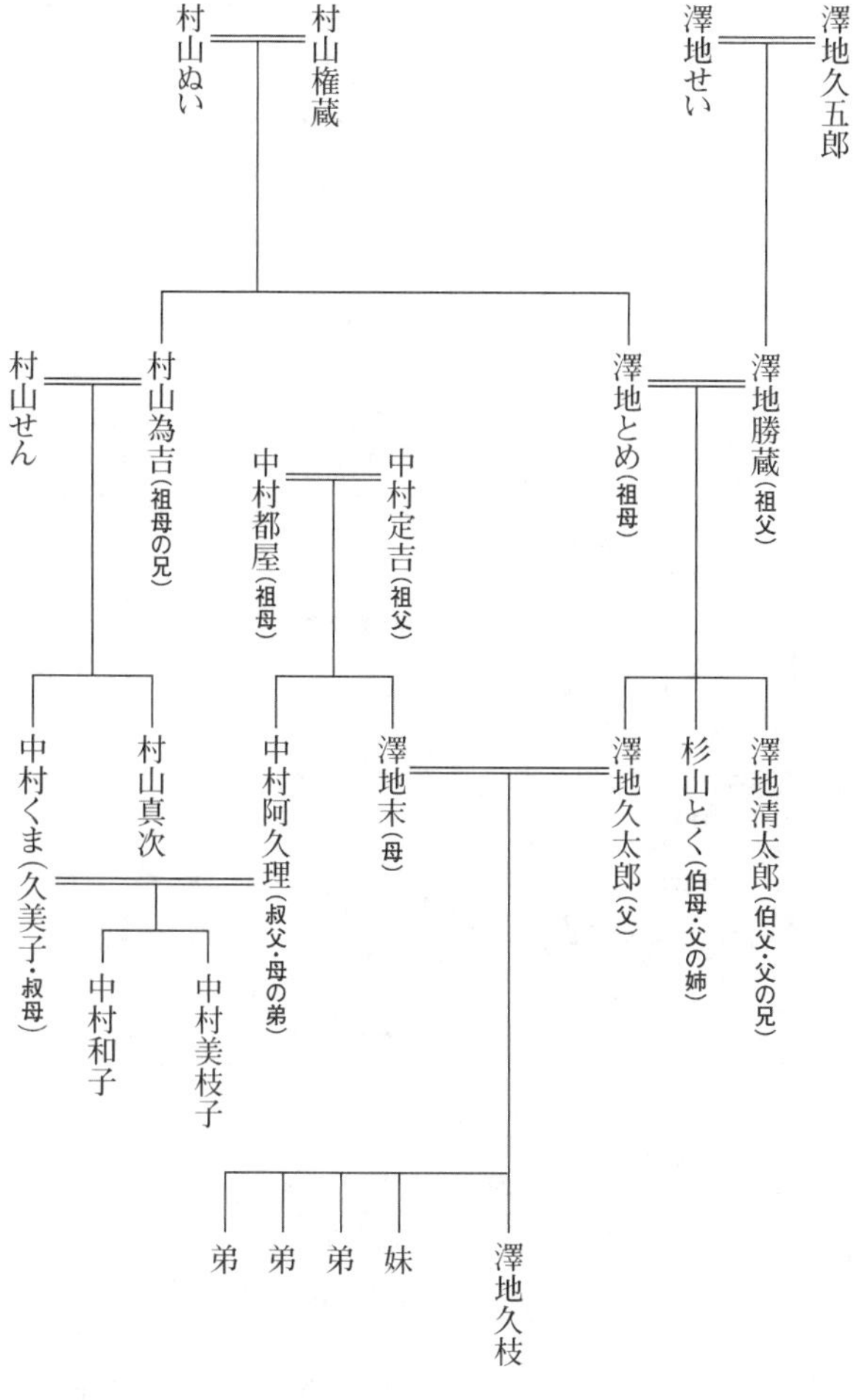
澤地久五郎
澤地せい
村山権蔵
村山ぬい
澤地勝蔵（祖父）
澤地とめ（祖母）
村山為吉（祖母の兄）
村山せん
中村定吉（祖父）
中村都屋（祖母）
澤地清太郎（伯父・父の兄）
杉山とく（伯母・父の姉）
澤地久太郎（父）
澤地末（母）
中村阿久理（叔父・母の弟）
村山真次
中村くま（久美子・叔母）
中村美枝子
中村和子
澤地久枝
妹
弟
弟
弟

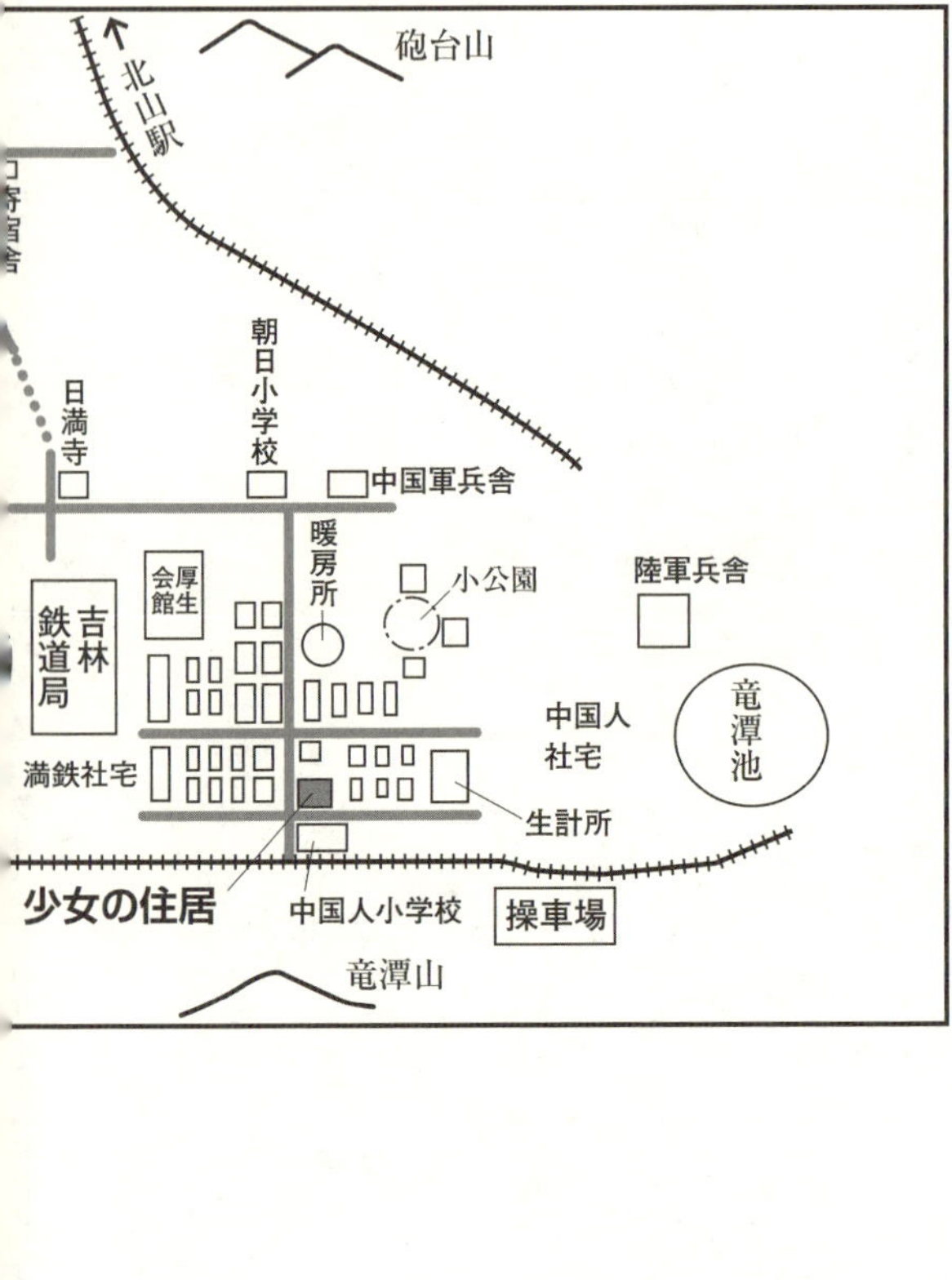

砲台山
北山駅
日満寺
朝日小学校
中国軍兵舎
暖房所
小公園
陸軍兵舎
厚生会館
吉林鉄道局
満鉄社宅
中国人社宅
竜潭池
生計所
少女の住居
中国人小学校
操車場
竜潭山

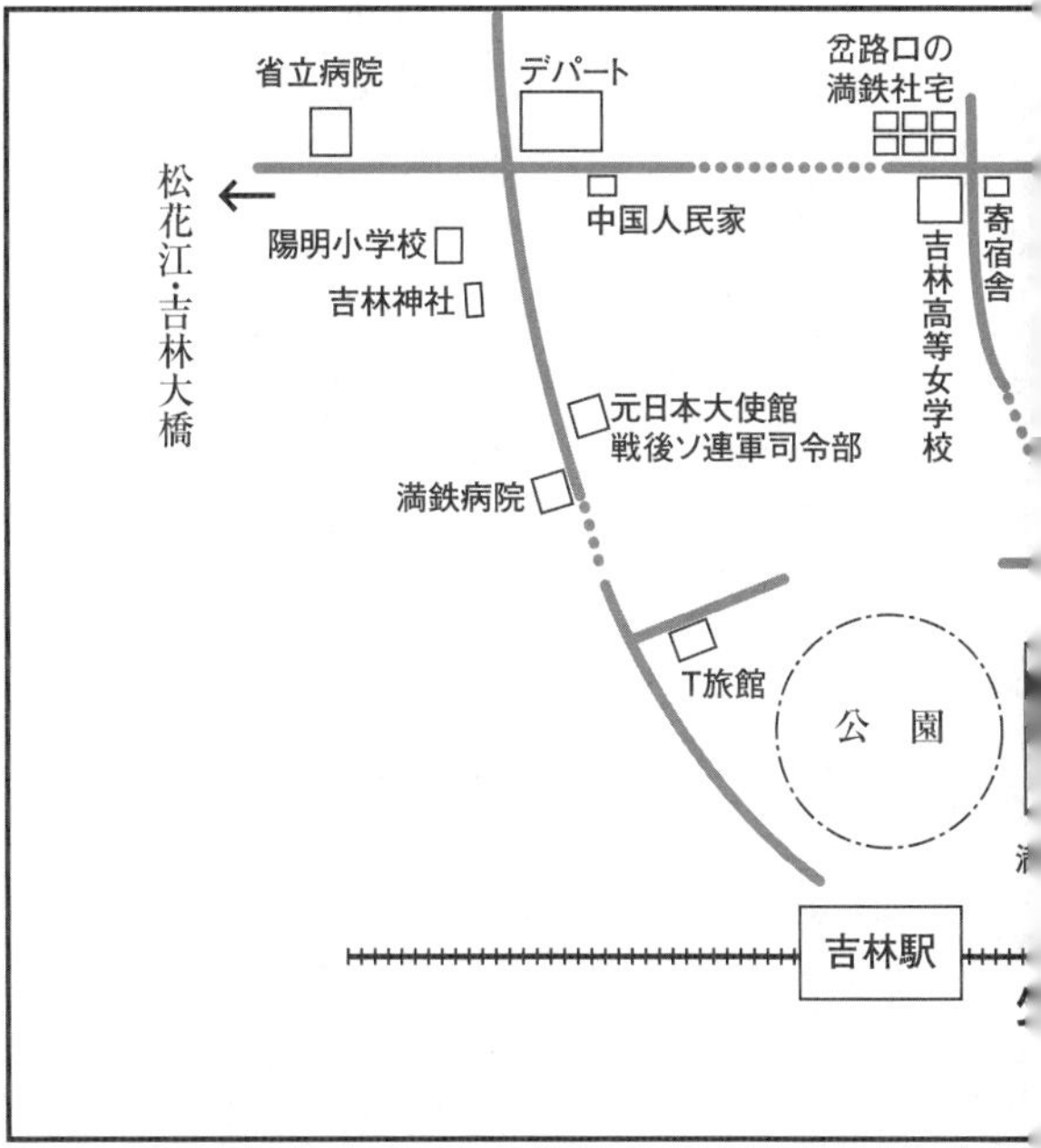

吉林市の街中の地図
（少女の頭のなかの地図）

はじめに

弟の孫が、十四歳になった。

この男の子に、むかしの日本の暮しについて、話してやりたいと思う。

特にこのごろの、世のなかの風潮について、考えるひとになってほしい。戦争とはどういうことか知らせたい。

そのために、なにができるのか。若いひとととのむすびつき、体験の語り継ぎが、とても大切だと思う。

十四歳、フォーティーン。

ティーンエイジャーのほやほや。むかしのことなど、聞いてもわからない様子。

わたしの話は、昭和の初期のこと。そして、どうして好戦的な少女になったのか、恥ずかしくて、これまでずっとかくしてきた。戦争が終って七十年になるけれど、おのれの無知を愧《は》じながら、わたしは生きてきた。

戦争が終ったと聞いた瞬間、「ああ、神風は吹かなかった」と真面目《まじめ》に思った。戦争は勝つものと、一点の疑いもないような十四歳、軍国少女だった。

十四歳という年齢。昭和十九（一九四四）年から二十年にかけて、わたしは十四歳だった。そんなむかしのことと、言わないでほしい。

なにしろ、生れは昭和五（一九三〇）年と、八十年以上前になる。

その十四歳のときに、じつに多くのことが集中して起きている。わたしが決定的に軍国少女になってゆく道が、この一年できまった。そして、日本は敗れた。

なぜ、といまも聞かれる。わが無知を終生の屈辱として生きてきて、いまのわたしがある。日本の敗戦によって、わたしはしたたかな挫折《ざせつ》をしたといえよう。そして、さらに振りかえりたくない無知蒙昧《もうまい》な何年かを生きて、やっと目ざめたのかも知れない。

誰《だれ》だって、語りたくない人生体験を持っている。しかし、満州（中国東北部）から引き揚げてきた十四歳から十五歳の日々をいま、書いた方がいいと思うようになった。

第一章　十四歳の少女

その朝、目がさめたとき、いつもとちがう感じがした。窓があけられ、網戸ごしに涼しい風が吹きぬけてゆく。

いつもは、ああ、朝だ、と思う。心地よい風が通るのだ。朝早く、母が外からガラス窓をひらき、風をよびいれる。

その朝、風がいやだった。

御飯はふつうに食べ、庭へ出る。

茄子《なす》やトマトの植えこみにつづいて、隣組からタネがくばられたヒマ（トウゴマ）の大きなしげみがある。

ヒマを栽培し、できたタネを集めて油をとり、ガソリンにかわる航空燃料をつくるということだった。

なにもしたくなくて、ブランコのそばにうずくまる。

「なにをしてるの。手伝いをしなさい」

母はイライラした声で言った。ノロノロと立ったが、また座りこんだ。

もうすぐ、誕生日がくると少女は思った（その日、満十四歳になる）。

女学校ではこのところ、農作業がさかんになって、毎日、スコップを肩にかついで登校した。やっと夏休みなのだ。

この年、昭和十九（一九四四）年、二年生にすすむころ、生活がかわった。松花江《しょうかこう》（吉林市を流れる大河）の対岸に空き地があり、さしあたってそこを掘り、タネを植える。父親は娘の登校姿を見ると、

「こういうことをさせるために、女学校へやったわけではない」

と言った。親たちは、六年制の義務教育しか受けていない。それがどういうことを意味する世のなかであるか、父も母も知っていた。

冬にはスケートリンクになる校庭も、掘りかえされ、野菜が植えられた。

お国のために、農業をやる。戦争に協力したいと少女は思っている。スコップで大地を掘ることとそれがどうむすびつくのか。これでいいのだろうか、とときどき思っていた。

軍歌演習があり、校庭のまわりを姿勢を正して行進し、歌をうたった。

吉林市の全中等学校生が神社に集まり、校旗を先頭にうたいながらすすんだ日がある。五月二十二日、「青少年学徒ニ賜ハリタル勅語」の記念日だった。

少女はその日、旗手を命ぜられた。ゲートルを巻かなければならない。うまく巻けないと、行進の途中でほどけてくる。

思案して、使われていない、父の革のゲートルを巻いた。

誰に敬礼したのだろうか。日本人生徒だけでなく、中国人の中学生、女学生も動員されていた。

号令をかける。「かしらー、右」。少女は校旗をすこしさげる。風の吹く日であったら、よろよろするはずが、型通りにきまって、いい天気であった。

学校では時局係に任命され、毎日の朝礼のとき、戦果の報告をする。時局係の担当教官はM先生で、そのひとは少女にとって、はじめて心ひかれる異性であった。

毎日の新聞を丁寧に読み、報告の文章をまとめる。いそいそとその仕事をした。先生にほめてもらえることが、最高のことと思っていた。

毎日、赫赫《かくかく》の戦果だけをひろう。朝礼で少女の声はよどみがなく、自信にみちていた。

その前年の五月、朝礼で登壇したM先生が戦況報告をされた。アッツ島で日本軍が玉砕した。ひとり残らず死んだという。

「銃後の、われわれの努力が、たりないから、玉砕させた」

先生は立ったまま男泣きした。少女は、おとなの男のひとが号泣するのを、はじめて見た。

それは衝撃であった。

教室へもどって、机に顔を伏せて、少女は先生以上に泣いた。

「もっと、戦争のために、努力しなければならない」

真剣にそう考えた。そのころ、身についた標語。

「壁に耳あり　障子に目あり」

「買溜《かいだ》めは敵だ」

「欲しがりません　勝つまでは」

「撃ちてし止《や》まむ」

昭和十八（一九四三）年春から、少女がかたく守ってきた「戦争協力」の方法があった。それは、「どんなにひもじくても、三度三度、子ども茶碗一膳《ちゃわんいちぜん》しか食べない」というきまりだった。親たちも気づいていない。

配給が満州でもはじまり、お米がすこし窮屈になった。

南瓜《かぼちゃ》やじゃがいもが煮られると、満腹するまで食べた。少女は小学校時代、学校から帰り、昆布のつくだ煮で、十杯食べたことがある。その日、いくら子ども茶碗でも、お櫃《ひつ》の御飯がごっそり減った。

戦争とは、ひもじいことであった。自分で自分を縛って、もっと戦争のために、できることはないか、と思っていた。

努力をしても、いい報告は書けなかった。自分を不甲斐《ふがい》ない時局係と思っているから、玉砕があいついでも、大本営発表をそのまま文章にしている。

校内で弁論大会があり、少女は担任の教師にテーマ（当時は主題。横文字はいっさい禁止、英語の授業はゼロ）をきめなさいと言われて、最後にきまったのは、「敵の野望を撃て！」。

少女は、アメリカもイギリスも知らない。そこに暮すひとたちのことも知らない。でも、そのひとたちが「敵」なのだ。テレビなどない時代である。

話す内容を、文章に書いた。

担任の教師とM先生の意見は、「迫力がない」である。少女は新聞をしっかり読み、敵のやった残忍な行為を、ひろいだそうとした。

戦場を知らず、戦争から離れた当時の満州で暮してきた少女がいくら頭をしぼっても、「敵の野望を撃て！」と言うには力を欠いた。

発表の日、上級生が「家」について話をし、「屋根の下にいるのは、ブタであります」と言ったとき、少女は負けたと感じた。


朝からなにもしたくなかった日、午後になって母親が少女の様子に気づいた。

おでこに手をあてると、熱い。

体温計は三十九度を示している。となりにいるとしの離れた妹もぐったりしていて、この子の熱は、ほとんど四十度だった。

父親は仕事でしばらく家にいない。

ふたりの姉妹の下には、四歳の弟とその年生れた末っ子の弟がいた。

氷枕《こおりまくら》をさせて、灯火管制の暗い部屋で、母は俗に「赤本」とよばれた、築田多吉『家庭に於《お》ける実際的看護の秘訣《ひけつ》』をめくった。

この本は、日露戦争（一九〇四—〇五）に従軍した衛生兵出身のひとが書いたベスト・セラーで、当時、どの家庭にもあると言われた。

人間のからだを絵入りで説明し、あらゆる病気の症状と、手当ての方法が書いてある。

「どうなの」

と母に聞かれて少女は、「ノドが痛い」と言う。いつもの扁桃腺《へんとうせん》炎と思っていた。

熱は翌日になってもさがらない。

ノドが痛い、そして高熱。母はジフテリアを疑った。当時の満州は、法定伝染病とされていた赤痢、腸チフスをはじめ、ジフテリア、コレラと、「疫病蔓延《まんえん》」の土地である。

娘ふたりの入院の準備をしながら、母親は「赤本」に、猩紅熱《しょうこうねつ》は高熱にかかわらず唇のまわりが青白い、とあるのにピッタリだと思う。

入院さきは、満鉄病院の奥まった一隅、伝染病棟である。俗に避病院とおそれられた。特効薬はない。

ふたりはベッドを並べ、氷枕と氷嚢《ひょうのう》をして、ただ安静に寝ていた。全身に紅《あか》いブツブツが出た。

生きるか死ぬか、それぞれひとの持つ生命力が人生をきめる。少女と妹は、生死の間をさまよったあと、峠をこえた。

恢復《かいふく》期に入ると、全身の皮膚がむけた。これも猩紅熱の特徴である。

母はこのときゼロ歳の子をおぶって、たびたび見舞いにきた。面会所で会うだけである。かゆがってむいた皮膚屑《くず》がベッドにいっぱいのある日、少女は満十四歳になる。九月三日だった。

病院の食事は、治ろうとする少女たちには、たりなかった。面会の母に、「おなかがすく」と言う。

母がつぎにとどけてきたのは、南瓜を鍋《なべ》いっぱいに煮たもの。ふたりでそれを食べてもまだたりない。

母の背中の弟は、本当に小さな子であった。その弟のことを、考えたことはない。

女学校の同級生が病院の近くに住んでいて、親たちは呉服屋をしていた。彼女の家には、たくさんの本があるらしかった。

面会謝絶の避病院にやってくる勇気を、その級友は持っている。少女は本を借り、夢中で読み、つぎの本ととりかえる。

菊池寛の『真珠夫人』というのが記憶に残るくらいで、このときの読書はみのりがない。

空腹をみたすため、少女と妹は病室をぬけだし、近くの中国人たちの街へ買物にゆく。

統制経済という社会になり、配給の量も質も次第に悪くなって、食べるものなど売られていない。しかし、熟しきって、タネをとるばかりのとうもろこしが焼かれている。街頭の、露店である。

それを買って病室へもどり、顎《あご》が痺《しび》れるほどかたい実を噛《か》んだ。飢えはそれでおさまった。

一夜おそく、父が病室へきた。あの小さな弟が危篤であるという。少女は入院のとき学校が禁じている私服を持ってきていて、それは銘仙の単衣《ひとえ》だった。それを着せられた。

なぜ父が少女をつれだしたのか、謎《なぞ》である。満鉄病院から馬車《マーチョ》でいったところに、省立病院があり、その一室でその年の二月に生れた弟は、ケイレン状態だった。

脳脊髄膜炎《のうせきずいまくえん》であるという。少女は見守ることしかできない。過去にかぞえ三歳の弟を疫《えき》痢《り》で亡くした。その臨終にも、少女はつれてゆかれて、「死んじゃだめ」と泣き叫んだ。

その死のあと、夢遊病の発作が出た少女を、なぜ父親はつれていったのか。妹は病室にのこされた。

九月の半ば近くに、少女たちは退院した。家には、亡くなった弟の祭壇がまだあった。

二学期の学校は、雰囲気がちがっていると少女は思う。床屋へいってお河童《かっぱ》頭を散髪してもらっていた。

同級生たちは、伸ばした髪をうしろでふたつにわけてむすんでいる。別れてほんの百日たらずのうちに、全校生が短いお下げ髪になっている。

誰かが少女の髪をひっぱって、

「これはなによ」

と言った。空襲があったら、バラバラの髪は燃えやすい。だからみんなむすぶのだという。少女の住む街はまだ、一度も空襲を経験していない。

少女は、頭のうしろで無理に髪の毛をむすんだ。輪ゴムが貴重品になっていた。

あの子はなぜ、むずかしい病気になったのだろう、と少女は考える。赤ん坊がかかる病気とは思えない。流行性と父か母が言った。伝染病棟の面会に、いつも母におぶわれてきていた。

それでうつったのか、と思う。写真一枚のこらない七カ月のいのちだった。

M先生は廊下ですれちがったとき、少女に「退院したの？」と声をかけた。

すぐに顔が赤くなるタチの少女は、このときも頰《ほお》が熱くなっている。

またスコップをかついでの登校がはじまる。

学校まで、三十分は歩く。

十月、下校の途中で、少女は鼻血を出した。

拭《ふ》いても拭いても、とまらない。家へ帰って洗面器に顔をさしだし、きれいな血の色をみつめる。隣家の夫人がそこへ来合わせて、

「そろそろ、あれじゃないの」

と言う。答えた母の言葉を少女は忘れない。

「いやーね」

と言ったのだ。

女の生理は「いやーな」ものなのか。それは、否定の意思のこもった母の声と少女は思う。学校の授業で説明は聞いた。女の先生は、サラリとした口調で、それが毎月あると言った。

少女も肌着に血のついていることに気づく。二度、三度とそういうことがあって、一夜、かくせないほどの出血があった。少女は観念して、母の枕許《まくらもと》へゆき、

「お手洗いにいったら、血が出た」

と言った。父はとなりのふとんで聞いていると少女は感じている。

母は黒い木綿の下ばきを出し、ゴムの入っているところへ、赤い糸でなにかしるしを縫った。なにも言わない。

古い着物をといてつくったT字帯に、木綿の綿と脱脂綿をかさね、からだに巻きつける

ことを母は行為で示し、それで終った。

ふとんにも血がこぼれていて、知られたくない少女の限界を語っていた。

学校の休み時間、級友たちが明るく話している。なんとかバンドというそれ専用の肌着があり、いまは、ゴムの統制で買えない。

でも城内では、それが売られている。もともと中国人たちが作った街で、シナ煉瓦《れんが》の塀にかこまれた「城内」だった。

「買ってあったのよ、ねえ」

と、こだわりのない声。「女になった」ということらしい。ごめんこうむりたい、と少女は思っていた。

学校へは近くのふたりとそろってゆく。ふたりの社宅はとなり同士で、社宅の真ん前に集中暖房のボイラーをたく暖房所がある。

カンカン、と小さな音がして、各家の部屋部屋の放熱器に、熱いスチームが通る。零下二十度以下でも、室内は十分にあたたかかった。

かぎられた戸数をまわって、スチームはまた暖房所へもどる。

冬であった。石炭をたいて作業をしているのは、中国人である。登校の途中、ふたりがこもごもに、

「窓の外を見ると、満人が立っていて、パッとズボンをおろすのよ」

「いつでもよね」

と言う。露出狂の中国人男性であったのか、日本人への対抗意識のあらわれか、この行為は「勇気」を必要とした。

わかれば即クビ。それも全身アザだらけになるほどの仕おきのあとである。少女たちの世界からおとなにひろがらなかったのは、口にするのも恥ずかしい行為であったから。

入院して学校を休んでいるうちに、やはり校内には異変があったらしい。

「絶対に言えないわね」

とふたりが何度も言う。

ある日、大空に屋根のむこうからまっすぐ、白い帯がかかった。それまで見たことのないくっきりした白い雲である。

もしかしたら、と少女は考える。B29がきたのかも知れない。

第二章　秘密

満州の冬は、寒い。吉林では零下三十度の記録がある。十月には雪が降りはじめる。さらさらした小粒の雪は、掃きよせられて、二、三日すると、しっかり固まった。着ぶくれて、靴《くつ》は防寒靴でなければ、寒さのなか、学校へゆけない。昭和十九（一九四四）年には、靴は店頭から姿を消した。はくものの配給はなかったから、日をかさねて背ものび、靴の寸法も大きくなった少女に、母親は悩んだ。

母が買ってきたのは、それが最後の商品らしい高級な婦人用防寒靴である。踵《かかと》が高い。ハイヒールである。少女は喜ばない。その靴をはくのにためらいがあった。

勤めに出ているうつくしいひとが近所にいて、そのひとにこそふさわしいと思える。少女がはけば、靴だけが目立って、自分ではなくなると思う。なによりも、ハイヒールで登校する自分を想像できなかった。はいたことがない。
しかし、その靴は、はけばあたたかく、学校までの長い道を、用心しながら歩いていった。
学校へゆく道で、連れのふたりは「秘密」についてまたささやきあう。
「なんなの？」
「絶対に言えない。ねえ？」
とふたりはうなずきあっている。入院中に学校の雰囲気がかわったと少女が感じたのは、どうも「秘密」と関係があるらしかった。
雪が降るようになれば、農作業から解放される。授業がもどってくる。
M先生の国語の時間を少女は忘れない。たとえば、
邀撃
骸骨を乞ふ
鯨波の声
黒板に達筆で書かれる白墨の文字は、少女の脳裡《のうり》にしっかり刻みこまれる。

邀撃――ヨウゲキ、戦いで敵をむかえうつこと。太平洋戦線で米軍をむかえうつ戦闘が、ラジオで新聞で、毎日伝えられていた。

ガイコツヲ乞フは、高位高官つまり身分の高いひとが辞任を申し出ること。鯨波の声をトキノコエと読むとは、知らなかった。

おとなの本には、漢字にふりがながふってある。少女は『明治大正文学全集』を友達の家から借り、かなりの小説を読んできている。むずかしい言葉も自然に身についている。だが、文学作品には登場しない、見たこともないような言葉にはじめて出合った。

教えるM先生は、それまでの先生とはちがった感じがする。緊張というのではなく、改まった話し方と少女は思う。

友人たちがひそかに騒いでいる「秘密」は、M先生にかかわっていた。

鉄道線路があり、一段さがって、中国人の小学校がある。小さな道をはさんで、少女の住む社宅がある。中国人小学校は平家で、グレイの煉瓦、むきだしの土間である。

吉林駅前の右手に、中国風の外観を持つ吉林鉄道局があった。四階建てに鐘楼めいた屋上がある。

少女の父親は、昭和十二（一九三七）年に満鉄（南満州鉄道株式会社）へ入った。新京（現長春）郵便局に約三年つとめ、夜の学校で中国語と建築学の初歩を学んで、入社試験に受かったのだ。日本人としては下級の雇員であったが、ロシア人の建てただだっ広い家の仮住まいののちに、新築の社宅へ移った。

鉄道局の前の通りをさかいにして、朱赤煉瓦の建物がつづく。社員とその家族のための厚生会館があって、劇場を兼ねている。左のはずれには新築の吉林朝日小学校がある。見わたすと赤煉瓦の二階建てが整然と並んで、竜潭池《りゅうたんいけ》の近くまでつづく。少女は気づかないが、ここは、中国のなかの日本人の街、満鉄の街であった。

「街」のなかほどに、食べものから着物、雑貨までツケで売る生計所《せいけいじょ》がある。その裏に、中国人幹部の社宅が建っている。

小学生の日、少女は中国人小学校の砂場と鉄棒を遊び場とし、白《はく》という名前の中国人教師に愛され、女生徒たちと親しくなった。中国語で話しあっている。

ある日、そのひとりの家にいった。

なかへ入るのは、ためらわれる。夏のことでドアはひらかれ、長い布が一枚さげてある。

土間のある平家だった。外壁はグレイの煉瓦、ちょっと固唾《かたず》をのむような感じを受けた。吉林鉄道局の偉いひとの住まいである。だがこの一角は、「ここは日本人社宅ではない」と全体で語っているように感じる。

朝陽区敷島街という住所が、「日本人居留区」であったことを少女は感じてもいない。中国人社宅との差だけではない。日本人社宅にある差。甲とよばれる二階建てが小公園をかこんで二、三軒、特乙というべき二軒つづきの二階家が八軒。丙があり丁もあった。いずれもその家の主人の地位を反映している。

少女の住む丁は、小学校の建設と同時進行した新築で、煉瓦の色が真新しい。少女は生れてはじめての「わが家」に住んだ。

路上で「秘密」が語られたのは、吉林鉄道局の角のあたりである。

「死んでも口を割らない」

と少女はふたりに誓って、話を聞く。信じられない話であった。

少女たちのクラスに、Yさんという友達がいる。

Yさんの父親がどんな職業のひとであるか、知らない。満鉄社宅でも市営住宅でもなく、一軒の家をかまえている。

M先生はYさんの家に何度も泊りにいくのだという。そして一夜、Yさんの下着のなかへ手を入れたという。Yさんが級友に「内緒話」として語り、衝撃を受けたひとが「絶対の秘密」としてしゃべり、秘密はクラス全体が身をかたくして守る状態になっていた。

少女は、猩紅熱による「隔離」で、知る機会がなかった。入院中に本を貸してくれた友達は、噂《うわさ》をほのめかしもしなかったのだ。

M先生の授業を「へんだ」と少女が感じたのは、生徒の側の変化が、先生の心にとどいたせいなのか。

「愛するほど憎む」などということは、知らない。でも、生徒は異様なほど反応した。少女だけがM先生にひかれていたわけではなかった。

あの先生がなぜ?

答えがないから、休み時間には教室中が頭を寄せあい、声をひそめて話をする。あまりにひどいではないか、という空気になる。

少女はいつの間にか、騒ぎの中心にいた。M先生を罰したいのではない。なにがあったのか、あるいはなかったのか。

はっきりさせたい。それでなければ、授業を受けられない——。

噂の果ては、校長先生に直談判《じかだんぱん》という話になる。Nさんというよくできるひとと少女が、代表として校長室へいくことになった。

となりのクラスの級友に校長先生の娘がいた。それで、いくのがすこし気楽になったところがある。

校長はふたりの二年生を相手に威圧的であった。

「こういう噂があります」

「ばかなことを言うんじゃない。君たちは勉強する大切な時期だ。噂をするなど、ばかげている。そんなことがあろうはずはない」

校長の言葉に、Nさんがきりかえした。

「それではなぜ、火のないところに煙はたたない、と言うのですか」

小柄なふたりの生徒を前に一瞬、校長先生は言葉を失ったかにみえる。そして、

「これ以上騒ぐと、ふたりを退校処分にしなければならない」

と言った。沈黙して、しかし立とうとはしないふたりに「授業にもどりたまえ」と校長先生は言う。後味が悪いとは、このことであった。

M先生が戦争の終ったあと、少女たちに「あのときは……」と釈明するなり「事実誤認」を語るときがあれば、疑いは晴れたと少女はずっと思っている。

しかし間もなく現地召集されたM先生には、戦後はない。戦死された。Nさんも少女とおなじわだかまりを持っていると想像される。戦後、「吉林高女同窓会」がつくられ、同窓会誌が発行されても、Nさんはかたい沈黙のなかにいるから。

昭和十九（一九四四）年三月六日から、新聞は夕刊の発行をやめた。三月四日の朝刊に「社告」が出ている。

新聞用紙の節約と、軍需輸送力増強への協力のためであり、「決戦非常措置要綱」への即応と書かれている。

決戦とはなにか、少女はわかっていない。予科練（海軍飛行予科練習生）へ入りたいと願うのは、戦闘機乗りになって、「決戦」の場へ出てゆき、死ぬためなのだ。

庭をかこんでいた塀がわりの有刺鉄線は、すべて回収された。「鉄製品の回収」が、隣組を通して各家庭によびかけられる。

郵便ポストも姿を消す。

回収した金属はすべてとかして、弾丸をつくるのだ。少女にむかって、

「ポストまで回収するようじゃ、この戦争は負けね」

と母が言う。少女はとっさに返す。

「お母さんは、非国民ね」

母親は少女の言葉を無視するようにさらに言う。

「お前がお嫁にゆくころは、にっぽんも大きくなっているってうたっているけど、小さくなるんじゃないの……」

日露戦争以来の軍歌を、鼻歌のようにいつもうたっている少女には、耳の痛い母の言葉である。そういえば音楽の時間に「お菓子と娘」という歌をならった。教えながら教師は、「アメリカの歌もイギリスの歌も、君たちはだめと言うだろうから、フランスの歌はどうだ」と言う。

パリはフランスの首都で、ドイツの支配下にあると知っている。うたわれる「エクレー

ル」という菓子など、目にしたこともない。この音楽教師は、校庭で少女の防寒靴に気づき、「いい靴はいているね」と言った。この時代がきらいだったのだろう。

少女は母に言う。

「ワシントンで結婚式をして、新婚旅行はロンドンへいくのよ」

母は黙って娘を見た。少女は、ワシントンもロンドンも知らない。だいたい両親の不和を見て育ってきて、自分は結婚しないとひそかに誓っているのに。

一度口にしたら、とりもどすことはできない。言ってはならないことを言うのは、どんなにものを知らないかということ。少女はすぐに、しまった、と思っている。相手が母親であっても、言ってはならない言葉だった。よく考えて言ったのではない。考えず、流れに沿うようにとっさに口にした。十四歳の少女には恥ずかしすぎるおのれ自身であった。

アッツ島玉砕で衝撃を受けながら、少女はマーシャル諸島、サイパンと玉砕の報がつづいても、おどろいていない。戦争とは死ぬものと思っている。自分もかならず死ぬ。負けるということなど、少女の頭をかすめもしない。

東条首相が内閣総理大臣をやめた。陸軍大臣、さらには陸軍参謀総長だったひとが、全部の職からおりる。「骸骨を乞う」たのだ。

夜、ラジオのニュースを聞きながら、

「東条さんは、男爵になるな、と思っていたのだが」

と父親が言う。「男爵」ってなんだろうと少女は思う。

マリアナ沖海戦も、台湾沖航空戦もあった。レイテ沖海戦もあって、大本営発表は武勲赫赫と伝える。少女は、時局係がいつかなくなったと思う。M先生のせいではなさそうだった。

昭和十九（一九四四）年十月二十五日、海軍神風特別攻撃隊敷島隊が出撃する。「大本営発表」は、二十八日午後三時。豊田副武《そえむ》連合艦隊司令長官によって、その戦果は「全軍に布告」される。

第一回の特攻攻撃である。フィリピンに攻めてきた米軍に対する作戦で、隊長は関行男海軍大尉。海軍兵学校出身の二十三歳。のこされた家族は、母さかゑ、妻満里子と新聞にある。この敷島隊の五人は、「必死必中」の特別攻撃第一号となる。十九歳のふたりがふくまれている。

米軍の反攻作戦の主力がフィリピンのレイテ島にむけられ、ルソン島決戦を考えた日本軍の作戦ははずれる。レイテ島のタクロバンは、日米両軍が死闘をかわす場所になる。

「敵艦隊を捕捉し／必死必中の体当り／殊勲を全軍に布告（スルアン島海域）」の新聞記事があり、戦果は、敵空母一撃沈、同一炎上、巡洋艦一轟沈《ごうちん》とある。「布告」の文章に「悠久の大義に殉ず忠烈万世に燦《さん》たり」と書かれている。

岩田豊雄（獅子《しし》文六）は〈若い人の前に額《ぬか》づく／日本の精華・若ざくら〉の文章を新聞に寄せている。真珠湾の奇襲攻撃で戦死した「九軍神」を描いた作品『海軍』はじめ、少女はこのひとの書いたものをよく読んでいる。隣組に雑誌の回覧制度があって、おもな雑誌はかならずまわってくる。

〈またしても私達は若い人の前に額づかねばならない。真珠湾以来どれほど多くの若い人が言語に絶することをやってくれたか。……二十五歳以下の将兵の立派さは何度聴かされたことか知れぬ。大陸と海と空を通じて、若桜の碑が建てられねば私たちは罰あたりであらう〉

そのころ、朝鮮の会寧《かいねい》に住む叔母から少女あてに手紙がとどく。「叔父さんのために、千人針をつくってほしい」と書かれていた。軍人の妻が千人針をつくるのは、はばかられるからという。

叔父は母のただひとりの弟で、その妻である叔母は、少女の父のいとこだった。叔父夫婦の恋愛は、祖母からも母からも、よく聞かされている。

千人の女性に、赤い糸玉をむすんでもらう。生きて帰ってくることを願って、守り札のように戦地へいくひとに渡す。

会寧で十年近く軍人生活をおくり、ずっと工兵准尉《じゅんい》のままの叔父は、知れば「いやあ」と照れると少女は思う。

母にさらし木綿を切ってもらい、朱肉で千個のしるしをつける。トラどしの女性はとしの数だけむすべる。放課後、街へ出て市場の前に立つ。千人針を手にした何人ものひとがいた。

少女はさらに戦争へ、のめりこんでゆく。改めて「戦争」に直面したのだ。

なんでもわかっていると少女は思っている。だが、「つくりものの真実」があるとは考えない。新京放送局から三浦環《たまき》の蜜《みつ》のような声が流れると、この歌手が新京へきてうたっていると思いこんだ。それとおなじことが起きる。

特攻出撃の直前、死を前に青年たちののこした声が放送された。最後に「ゆきます」と口ぐちに言う。少女はひどく感動し、自分もかならずあとにしたがうと死んだ隊員たちに誓った。

大本営発表を追うように、特攻隊員のひとりひとりについて、こまかな記事が何度も発表されている。それをうまく構成すれば、感動的な番組になる。放送を涙を流して聞いた少女は、それがラジオドラマであるとは気づかない。ひそかな決意をさらにつよめる。

昭和二十（一九四五）年の正月がくる。雑煮もおせちもいつもとかわらない。配給の餅《もち》は丸い。満州には西日本出身のひとが多いからという。少女が生れた東京では、餅は四角い切餅だった。満州へきて、丸餅になじんだ十年が過ぎている。

第三章　王道楽土

「王道楽土」、うつくしい言葉と思う。

つづけて「五族協和」という。国歌は「新満州」「人民三千万」とうたわれた。

満州国、昭和七（一九三二）年三月成立。ひとことで言えば、それは、日本の植民地であった。その土地に住んだ日本人が、理想として五族（日本・朝鮮・漢族・満州族・蒙古族）の協和をかかげ、王道楽土ととなえていても――。少女は満州の成立など考えたこともない。すでにそれはあったのだから。

満州国は翌々年「満州帝国」になり、ラスト・エンペラーの愛新覚羅溥儀《あいしんかくらふぎ》は、執政から皇帝になった。少女は記念切手が出て、母たちが話題にしたことを、おぼえている。満州帝国は昭和二十（一九四五）年八月になくなる。地上から消えた。「大日本帝国」とひとつの運命である。

少女はおかれている状態をぼんやりとしか考えていない。

少女の学んだ吉林高等女学校は当時四年制で、出席簿はアイウエオ順である。少女のつぎに名前をよばれるのは、孫《そん》さんだった。

満州国高官の孫《まご》と聞いている。この街には中国人女子のための吉林女子師範学校があり、女学校もある。吉林高女で学ぶただひとりの中国人であった。

孫さんは美貌《びぼう》で、頭もよかった。

中国語（当時は「支那語」）の試験は、出席簿順に黒板の前にふたりで立ち、中国語で会話する。

小学校の四年から「支那語」は正課であり、「你我他《ニイウオタア》」（あなた、わたし、かれ）にはじまった。いやだと思ったことはない。街での買物、馬車や洋車《ヤンチヨ》（人力車）に乗るのも、中国語が必要である。

女学校へすすんでからは、注音符号《ちゆうおんふごう》とよばれる発音記号があり、四声《スーシヨン》という抑揚とあわせて中国の言葉を語る。

二年生の二学期末、少女は孫さんとむきあって試験を受けた。そしてふと思ったのは、孫さんの中国語の成績である。どんなに少女が努力しても、孫さんよりまさるわけはない。

病人が出た場面で、

「医者《せんせい》はよびましたか」（請大夫招了麼《シンダイフジャオラマ》？）

と少女が問い、孫さんが答える。このあと、少女の通信簿には「支那語9」とあった。

孫さんがもし「9」点以下だったら。それはひどくおかしいことになると、少女は真剣に考える。率直に聞く方がよかった。

「10点よ……」

すっきりと返事がきた。少女は誰にも言わず、ひとりで得心した。

昼御飯は弁当持参。皇軍に感謝の黙禱《もくとう》をささげたあと、家から持ってきた弁当箱をあける。その蓋《ふた》に係がお茶をついでまわる。

孫さんのぎごちなさに気づいたのがいつからか、少女にもわからない。はっきりしているのは、孫さんが昼食のとき、なにを食べているか、誰にも見られたくない様子であったことだ。

少女たちの弁当には、まだ白い御飯がつめられている。孫さんはなにか粉を練って焼いたようなものが昼食だった。

五族協和なら、食べものの配給も区別があってはならないはず……。

ある放課後、人のいない教室のうしろで、孫さんはコートをひろげる。衿《えり》に毛皮のついた立派なコートは、足首すれすれに長い。それを折って縫いとめ、丈を短くする。学校から帰るときになぜ丈の短いコートにあげるのか、わかりかねた。

孫さんと級友のTは、そこで品物の交換をした。孫さんからは満州特産の大豆、Tからは配給品の砂糖。

中国のひとたちには、白米も砂糖も配給されていないと少女は知る。それを「差別」と考える感覚はまだない。でも、五族協和といいながら、主食の領域で差があることは、消せない記憶になる。

城内へTと三人で孫さんの親戚をたずねていった。門には春聯《しゅんれん》(赤い紙に旧正月を祝う文字が筆で書かれている)がはられていた。この訪問のために、孫さんはコートの裾《すそ》をあげたらしかった。Tから受けとった砂糖は、親戚へのおみやげだったかも知れない。

孫さんは富豪の娘らしく、家は吉林から幾駅か離れたところにあり、汽車通学だった。いつ孫さんが姿を消したのか、ひどくあわただしい日々が訪れて、誰も気づかなかったと思う。小学校からずっと、日本人学校に学んできたひとりの中国人が、女学校をひっそり去ったのだ。

一月に学芸会をやることになっていて、去年の「安寿と厨子王《ずしおう》」につづいて、「米百俵」をやった。主食の米を贈られて、食べないで教育の資金にするという話——。安倍《あべ》内閣になって、おなじ「米百俵」を「道徳」の教材に使うので、反対がおきた。「精神優先」では、戦争中とおなじ発想である。

少女には「出演」の話はなかったし、興味を持てずに過ごしている。朝鮮会寧の叔父から「ハハシス」の電報がとどいていた。父は吉林農場建設のため、月に一、二度しか帰宅しない。

四歳の弟をねんねこでおぶって、その日の夜行で会寧へむかう母を、小窓から見送る。冬の朝は羊歯《しだ》の葉模様に凍りついているガラスの小窓は、開閉自由であり、しめていても戸外が見える。

雪の世界を遠ざかる母のうしろ姿を見ながら、少女は「やっぱり」と思った。

昭和十六（一九四一）年三月、「国民学校令」公布。小学校は国民学校になる。国民学校修了の昭和十八年春、十二歳の少女はひとりで会寧をたずねている。国境をこえてゆく娘を、父が見送った。

寝台車がガタンと動きだしたとき、見送りにきた父は軍人のように「挙手の礼」をした。車内にほかの乗客はいなかった。あれは、なんだったのだろう。

少女は、母がつくった巻きずしを食べようとしたが、家が恋しくて涙をこぼす。へんな人間と自分を思った。両親と妹と弟、五人家族のわが家から永遠に離れてゆくような気持になって、食欲などどこかへ消えた。

図們《ともん》で税関の検査があり、誰もむかえに出ていない会寧でおりて歩きだす。いま、小学校を卒業した子どもを旅に出す親は、到着時間や、非常時の連絡さきなど、用意万端とどのえ、それでも、いささか緊張するのではないか。

少女はひとりで叔父の官舎にたどりつき、一週間ほど過ごす。一夜は叔父と映画「ハナ子さん」を見にいった。

歩きだすとすぐ「あ、軍刀を忘れた」と叔父は言い、マントの下で左手をかまえ、ゆきかう兵士の敬礼に右手で応じた。

映画のなかの子どもが、「将来なりたいものは?」と聞かれ「ぶたいちょう」と答えると、叔父が低い声で笑った。准尉は「ぶたいちょう」にはなれないと、少女はあとで知る。

このとき、祖母といっしょに寝た。ひどく弱っていると感じた。叔父夫婦といとこ、そして祖母の五人で、満州との国境線になる豆満江《とまんこう》へ散歩にいった。叔父がむこう岸を指さして、

「むこうが満州だよ。帰りたい?」

と少女に問う。「いいえ」と少女は頭を振る。泣きの涙でたってきたわが家ながら、背中の曲った祖母のわきに立ってなつかしさは感じない。「おばあさんは、死ぬ」と思っていた。

この旅が、叔父たちに会う最後とは、誰も考えていなかったと思う。少女はひたすら、近づく祖母の死を思い、家へ帰るとなによりもさきに母に告げた。「おばあさんは、もうじき死ぬ」と。

母は、信じる様子もなかったが、少女の夏休みの日、弟妹をつれて会寧へいっている。帰ってきて、

「おばあさん、元気だったよ。でも、叔母さんは心臓が悪いと言って、むくんでいた」

と告げた。

少女の予感はあたった。説明のできない「近づく死」を感じたのだ。いよいよ死がやってきたとき、涙も出なかった。もう泣きつくした感じがする。会寧をたってくるとき、祖母や叔父たちと別れがたくて、涙にくれた。旅とは行くも帰るも、道づれは涙であった。


孫さんの弁当を考えると、小学五年生の遠足の日が思いだされる。

鉄路をはさんで東側にある竜潭山《りゅうたんざん》は、春秋、特に秋の黄葉がまばゆいが、初雪のあとは全山まっ白になる。

学校の遠足は、松花江にかかる鉄橋の、細い通路をわたって、竜潭山の頂上を目ざすことだった。低学年は、列車で竜潭山駅までゆき、それから山のぼりになる。

はじめて見た寄生木《やどりぎ》は透明な紅、黄色の実もあって、ひと目でおぼえた。

その一日、母が持たせた昼食は、たきこみ御飯のにぎりめしだった。少女は半分食べて、のこりを包みかえて持ち帰る。「これをどうしようか」と母に聞くと、裏で枕木を割っている「ニーヤ」にあげれば、という。古くなって鉄道線路からはずされた枕木を、長い柄のついた斧《おの》で割って薪にする作業を、父の職場の若いひとがやっていた。

少女はひらいたにぎりめしの包みをさしだし、「あげる」と言った。「不要《ブヤオ》！」打ちかえすようにつよい語気で「いらない」と言われた。このひとを傷つけることだったのかと少女は思う。

「ニーヤ」というのは「你《ニィ》」の日本語化であろう。しかし、「ニーヤ」は相手を侮辱する言葉であるのかも知れない。小さい娘からにぎりめしをほどこされるような軽蔑《けいべつ》は、受けるものか、という表情と声。少女はすごすごと部屋へもどった。

母が葬式で会寧へ出かけている間、妹とふたりで留守を守ることになる。「なにかこわいことがあったら、スチームの棒をたたきなさい」と二階のNさんに言われていた。

循環式暖房は地下を通って少女の家にとどき、つづいて二階へあがってゆく管が壁にのびている。

台所はカマド、流しがあり、そのむかい側には風呂、そしてコンクリをはった床がある。ドアのむかい側には、戸外の石炭庫につづく扉があって、石炭をとりだすことができる。

ある深夜、ふたりが眠っていると、石炭庫から異様な音がした。とびおきて少女は妹と顔を見合せ、スチーム管を力いっぱいたたいた。なにが起きたのか、わからない。しかし、なにかが起きている。

すぐにNさん夫妻が玄関にきて、ふるえるふたりに「どうしたの?」と声をかけた。音は消えているが、少女たちは石炭庫を指さした。ガサガサでも、ガリガリでもない変な音がしていたのだ。石炭庫には外から石炭を補給する扉がついている。そこから入ろうと思えば、この家のつくりは、無防備なのだった。

確認にいったNさんの手に大きなざるがある。「雀《すずめ》をとりにきたんだよ。ネズミだね」

吉林の松花江の上流に、豊満ダムができあがりつつあった。そこから父の友人がたくさんの雀をとどけてくれて、手のつけようもないまま、石炭庫で凍らせていた。それがすべてとられたのだ。

会寧から帰ってきた母の話は、少女をおどろかせる。叔父たちに女の子が生れたこと

（ふたりの子持ちになった）、叔母は妊娠で心臓病がすすみ、ひどいむくみ方だったという。

千人針はたしかにとどけた。叔父の部隊はつぎつぎに南方へ出ていっている。こうして、いつばらばらになるかわからない一族十人から、祖母がいなくなった。

このころ、やたら「死」の知らせに見舞われている。少女はおとなたちの会話のそばでその死を知り、ひとりで感想を持つのだ。

父の同僚の手塚さんは、ハンサムなおとなしいひとで、長身でもあった。お嫁さんをもらうことになって、内地へもどる（内地とは満州からみた日本本土のこと）。お嫁さんをつれて、朝鮮の清津《せいしん》へむかう船に乗った。敵の潜水艦や魚雷によって、船がつぎつぎに沈められる日がきていた。手塚さんと新妻の乗った船も沈んだという。

あの手塚さんが亡くなった。あのひとはいいひとで、悪いひとだったと少女は思う。

正月、父が招く職場のひとたちのなかに手塚さんもいる。毎年のことだった。

酒がまわった席から、手塚さんが少女にささやきかける。

「よく勉強ができるみたいだけれど、さびしいやまいって、知ってる？」

そんなことを言うおとなは、少女の価値観では悪いひとだった。そのひとが死んだのだと思った。

引き算がはじまっている。少女の父が組長をつとめたことのある隣組で、丸山薫さんが戦死した。

さびしくなったのだから、なぐさめにゆきなさいと両親にいわれて、少女はとなりの棟の丸山家をたずねた。立派な表札が出ていた。

両眼《りょうめ》の見えない妻の母と、少女の父にむかって「ねえ、隣組の組長のだんな」という話し方のすこし蓮《はす》っぱな妻、そして小学生の娘がふたりいた。

「おとうちゃんは、詩人だったのよ」

と言われる。そして「ほら」と示されたのは、『丸山薫物象詩集』という本だった。借りて帰って読んだ。

その母と妻をうたった詩があった。それはずいぶん上等な女性たちに感じられる。詩人が詩に書くと、女性はこんなにかわってしまうのかと少女は思う。

それが詩と出合う最初のきっかけになる。詩とは手のとどかないところにある世界。実際には学のないみじめな妻と、盲目の母親なのだから。少女は何年かたって、生きている丸山薫の情報にふれる。「丸山薫」と名乗ったひとは、倖《しあわ》せではない結婚相手に救いをあたえて死んでいった。満州は、前身を問われないですむ社会でもあった。

少女は疑うすべを持たない。

詩人とは、不思議な言葉の魔術を持っていると少女は「体験」で知った。

母が一週間ほど入院した。子ども三人の世話と食事は、親しい一家の女性がみた。このひとは夫を病気で見送って一年たっていただろうか。少女は「老人」と思っていた。

「あなたのお父さんは、こわい」

と少女にくり返して言い、食事のときもうつむいて、父と眼があわないようにしている。そんなにこわいのだろうか？　と少女は小母《おば》さんのおそれを見ていた。

一夜、小母さんと少女は、ふとんを並べて寝ていた。少女が目ざめたのは、まったく偶然にすぎない。

父が寝床から起きてきて、立っている。小母さんはちょっとの間思案するように動かなかったが、身軽に父のところへすべりこんだ。

「久しぶりでしょう」

少女は、父のささやく声をはっきり聞いた。

おとなは、本当のことは言わないのだと思ううち、少女は眠っていた。

おそれる小母さんと、知らんふりの父を別の眼で見ている少女が生れる。

五族協和の配給制度に「嘘《うそ》」があるように、この世にはウソとホントがまじりあっているると少女は思う。

落ちつかない気持のまま、春近いある日、少女は太馬路《ターマールー》のさきの吉林大橋までいった。

結氷してトラックがゆききしていた氷がとけはじめ、流氷が生れるところである。

氷に亀裂《ひび》が入って走ってゆく。そして動きだす。松花江全体がミシミシと動いている。さきをゆく氷にあとからくる氷がかさなる。そうやって水の面積が徐々にひろがってゆくきっかけを、少女は橋の上に立ってじっと見ていた。

なぜ橋までいったのか、理由はわからない。しかし、流氷が生れる姿を時間をかけて眺めた。またひとつ「秘密」がかさなる。

戦争は末期であるのに、少女は気づこうともしない。思えば、十四歳はほんの子どもだった。子どもが子どもではいられない現実が満州でも起きようとしている。

第四章　戸籍謄本

昭和二十（一九四五）年はじめ、少女たちは「動員」される。女学校の二年生であった。いつものように家から学校へ通い、授業のあった時間、講堂で「無炊飯」作業をやる。昭和十九年八月、「学徒勤労令」が出され、国民学校高等科生徒と、中学生、女学生の工場、農村への動員がきまる。追いかけて「授業停止」を内閣はきめる。少女は知らなかったが、事態はそのように動いた。

最後の「義勇兵役法」では、十五歳以上六十歳以下の男性、十七歳以上四十歳以下の女性が国民義勇戦闘隊に編成されている。

戦争は「末期」であった。なにも求めなくても、戦争は少女とその友人たちのところへやってきた。本人たちは気づかない。少女の一家につながるひとたちも「戦争の風」のなかにいる。

少女は「動員学徒」のひとりになって、夢中で働いた。「無炊飯」というのは、水か湯をそそげば、すぐ御飯になる非常食、現在のインスタント食品のはしりかも知れない。この作業は、女学校の講堂で展開される。

その作業を語る前に、少女のおかれた環境をよく語っている戸籍謄本の話を伝えたい。

少女の家では、日本の本籍地が空襲で焼け、母方の戸籍謄本はなくなった。

父が母と結婚するとき、父の姉に送った母の写真と、母の家の戸籍抄本がある。引き揚げてきたあと、この姉が送ってくれた少女の家にからむ資料のなかに抄本と、引き揚げで失った多くの写真があったのだ。抄本は省略が多い。

その資料のひとつは、「親族会」の決定についてのもの。

「決定
静岡県賀茂郡稲生沢《いのうざわ》村本郷（現在の下田市）平民　朝比奈喜之松
（一名省略）

同県同郡　平民　村山権蔵

澤地せい申請ニ因リ当区裁判所ハ前記朝比奈喜之松外二名ヲ　同県同郡澤地久太郎ノ親族会員ニ決定ス

右親族会ハ後見人選任ノ為メ明治四十二年七月二十七日午前九時　事件本人住所ニ之ヲ招集ス（以下省略）

下田区裁判所

判事　北条元篤

右謄本也」

裁判所書記の署名捺印《なついん》がある。

親族会議はひらかれたのだろうか。澤地久太郎《きゆうたろう》というのは少女の父で、この日満四歳である。

久太郎は明治四十一（一九〇八）年三月九日、父を失い、明治四十二年四月二十四日、母を失っている。

みなし児となったおさない子に、朝比奈家と村山家の戸主が後見人になった。

親族会招集を申請した澤地せいは、久太郎の父方の祖母で、朝比奈家から嫁いでいる。

村山権蔵は亡くなった久太郎の母の実父である。元号が新しくなっても、女たちの多くは目に一丁字ない、つまり未識字だったのだから、祖母が親族会にはかったとは思えない。いずれも農民である。

しかし、両親を失った子どもには、父方と母方の後見人がついた。こういう裁判所の記録がのこっていることは、明治という時代の「家」について、その骨組みの隙《すき》のなさを感じさせる。

少女の父は明治三十八（一九〇五）年三月に生れ、四歳までに両親を失った。育てたのは、祖母のせいである。

故里《ふるさと》の稲生沢川は海につづき、魚があがってくる。雷が鳴り、どしゃぶりの雨のなかで、小学生の久太郎は胸にかかえきれない大きな魚を釣った。それをかかえて、祖母と住む家へ走った記憶をよく話題にした。

少女は、父に愛されていないとずっと思っている。しかしそれは、父が子として愛されたことがなく、どのように愛するのか、子どもの扱いを知らなかったからではないかと、あとになって少女は考える。

小学校を終えた久太郎は、熱海の丹那トンネルの工事にやとわれる。働きに出されたのだ。かぞえの十三歳である。

その仕事の辛《つら》さにたえかねて、歩いて天城《あまぎ》峠をこえ、下田へ逃げもどった。しかし、祖母は逃げてきた孫を家へ入れない。

この話は、少女の教科書に中江藤樹という江戸期の儒学者の話が出てきたとき、父親が自分のむかしにあったこととして、母に聞かせるのを少女は聞いていた。

戸籍謄本には、朝比奈と村山の家族が並んでいる。いまは住民票などで簡単に処理され、謄本を見たことのないひとの方が多いと思われる。

澤地から朝比奈と村山をたどるのは、現在では不可能と思われる。

戸籍に入っている本人、その配偶者、直系以外は、委任状や正当な理由がなければ謄本をとれない。

少女の経験では謄本は、戸主の本籍地にある。本籍を離れたひとは多いし、のちには本籍となんのかかわりもなくなったひとが、都会では圧倒的であると思われる。

明治時代をたどれる戸籍は俗に「旧戸籍」といわれ、その謄本には、「除籍の原本と相違ないことを認証する」という文章に、自治体の長の名前と判がある。「旧戸籍」は除籍されても、保存されているし、直系の親族が謄本を請求すれば、受けとることができる。父澤地久太郎の出生記録を知るためにという手紙に、必要な費用の請求があり、「澤地」の戸籍謄本が送られてきた。

朝比奈と村山の二軒とは、近い親戚としてつきあいがあった。このひとたちと過去にどんな縁があったのか、久太郎の子どもたちは考えたこともない。明治の縁組みであり、久太郎の父も母も没年は明治である。この両家の血をひくひとたちと、戦後もつきあいがあった。少女の父もそして母も、どんな縁があったのか話さないまま故人になっている。

満州から敗戦後に引き揚げたと言うと、「国籍はどうなっていたのか?」と問いかえされて、少女は、「日本人のままよ」と答えたが、実際にはどうなっていたのだろうか、と疑問を持っていた。なにしろ「人民三千万」とうたった「満州国家」にふくまれていたのだから。

澤地久太郎を戸主とする戸籍謄本は、下田市役所にあった。

「前戸主澤地勝蔵」とあり、久太郎は「戸主」である。記録によれば、久太郎は勝蔵・とめの二男である。

澤地勝蔵には、長男清太郎がいて、明治三十三（一九〇〇）年三月十二日に生れ、三十六年一月三日に死んでいる。

父の姉つまり勝蔵・とめの長女とくは、明治三十六（一九〇三）年一月五日に生れた。届け出が正確であるなら、ふたりの子の生と死の間には、二日間しかない。

勝蔵・とめの三十歳と二十八歳という早い死と長男二歳の死の原因は、結核ではないだろうか。つまり、家族間感染の象徴的な一例と思われる。

昭和十九（一九四四）年に生れて死んだ久太郎・末《すえ》夫妻の三男稔《みのる》についての記載は、満州の日本人を考えるとき、きわめて具体的であるし、当時の陸軍のあり方を知る手がかりかも知れない。国の機構がいつまで動いていたかを説明してもいる。

出生は二月十六日、「満州国特命全権大使梅津美治郎受付」「大東亜省ヨリ送付入籍」。死亡は九月八日、「吉林省立医院第五病棟」であり、「在満州国特命全権大使山田乙三受付、昭和二十年一月十五日大東亜省ヨリ送付除籍」とある。敗戦の年の一月まで、満州と日本をむすんで動いている国家機構はあったことになる。

梅津大将は、昭和二十（一九四五）年九月二日、重光葵《まもる》とともにミズーリ号艦上で降伏文書に調印した日本全権として知られている。参謀総長であった。

昭和十四（一九三九）年九月七日から関東軍司令官（昭和十七年から関東軍総司令官）をつとめ、同時に満州国全権大使である。後任は山田乙三大将（昭和十九年七月以降）。

「脱線」ついでに関東軍の説明もしたい。

関東州（遼東半島南部）は日露戦争に勝ったあと、日本の租借地になった（十年前の日清戦争で「獲得」したあと、露・仏・独三国の反対で獲得を「断念」している）。帝政ロシアの、関東州支配にかわった。

昭和七（一九三二）年以後、関東軍司令官が関東長官と「全権」大使を兼任し、現役陸軍の中将、大将が任命された。その軍隊が関東軍で、のちに最強、精鋭といわれている。満州事変を作為し、満州国をつくった中心勢力は、関東軍の幹部だった。

だが、「戦局」がすすむにつれ、軍隊も武器も南方戦線にひきだされてゆく。

大東亜省は十七年十一月に新設だが、二代目の大東亜相重光葵以後、外務大臣が兼任し、三年たらずしか存在していない。

戸籍謄本を眺めていて、思いがけない発見があった。少女の父は、戦後の東京でささやかな工務店をやっている。そこへ、一級建築士の資格がある村山真次がよくたずねてきた。少女の母は、真次の妻と親しくなっている。このひとが親戚中でただひとり大学を出ていることが、父に尊敬の気持をいだかせていることを、少女は知っている。

村山権蔵の長男為吉の戸籍謄本には、長男真次の名前がある。父より二歳若く、明治四十（一九〇七）年五月生れ。少女の母とおないどしであった。

そして、真次の五歳とししたに長女「くま」の名前がある。

謄本には、昭和十二（一九三七）年三月三日、中村阿久理《あぐり》と婚姻と書かれている。生れたのは大正元（一九一二）年九月二十五日。中村阿久理は少女のただひとりの叔父、母の弟である。

なぜ「くま」という名前をつけたのか、「せん」とか「まつ」「とり」「さき」など妹たちの名前があるが、「くま」は誤解されやすい名前であろう。

一枚の写真がある。

静岡県下田の海辺、岩の前でとられている。少女の母は夏の着物に足袋をはき、となりに祖母が座っている。昭和三（一九二八）年、結婚早早のものである。父の姿はない。結婚の挨拶《あいさつ》に、下田に住む姉一家をたずねたときのものと思われる。

岩の上に並んでいるひとりは、父の姉の夫、もうひとりは、肋膜炎《ろくまくえん》で下田に療養にいっていた叔父の阿久理。

阿久理の名は仮のもので、成人したらどこかのカミサマへ返さなければならなかった。つぎつぎに産んだ子が育たず、四十五歳で男の子を産んだとき、無事に育つように「阿久理」と名前をつけたという。

写真は父の姉がわかるくらいで、あとは知らないひとが多い。なかにひとり、まっすぐ顔をあげているのは、当時十五歳くらいの「くま」である。

白っぽい着物姿の阿久理は好青年に見え、「くま」は離れて立っている。

ふたりが恋仲になるのはいつなのかわからない。昭和十三（一九三八）年の春休みに、少女は叔父阿久理一家の配属先、朝鮮半島南端釜山《プサン》に近い軍港、加徳島へいっている。

叔父たちには子どもが生れていて、よちよち歩きのその子は、美枝子といった。昭和十二年に婚姻とあるが、婚礼は十一年ころ。叔母は妊《みごも》った身で加徳島へきたと母がよく言っていた。小姑《こじゅうとめ》の悪口だったのかも知れない。

叔父たちは「くま」の名前をすて、「久美子」と言っていた。妻をよぶときの叔父の、やさしい声を少女はながく忘れなかった。

村山真次とくまが、兄妹とは、知らなかった。

謄本には戸主にはじまり、妻、子たち、弟、弟の妻、その子（甥《おい》、姪《めい》）と記載がある。女性の場合、結婚によって夫の戸籍に入り、そこで除籍になる。そのさきはつかめない。行方不明といってもいい。そこに「除籍」と大きな判がおしてある。

離婚した女性は、その旨を記してもとの戸籍にかえっている。

十代の叔父と叔母がうつっている写真は、三通の戸籍謄本に記されている親族一同をうつしたものだった。

真次・くま兄妹は、少女の父と伯母の「いとこ」になる。

昭和十五（一九四〇）年の正月、少女の一家は会寧へ叔父一家をたずねた。ふたつの家族がそろったただ一度の機会で、写真屋がよばれ、マグネシュームをたく「ポン」という音に、みんなおどろいた顔をしている。母の膝《ひざ》にいるのは、この年の夏に亡くなる少女の上の弟寛《ひろし》である。

この滞在中、午後の日向《ひなた》で叔母が泣いているのを少女は見た。なだめている叔父の姿も見たと思う。

「久美子」と叔父たちが言っているのに、少女の母は「おくまさん」とよんだ。嫁と小姑として、いさかいがあったのかも知れない。あとのことだが、叔母の戒名には「熊」の文字がある。

昭和十六（一九四二）年に、祖母が吉林へきていたことがある。祖母と母とが言い争った。そのあと、駅前の公園へ少女を伴い、祖母はめずらしくぐちを言う。

祖母がヒスイの指輪をふたつ持っていた。母は、貝の行商をしている祖母の姿、特に冬の寒風のなかで貝をむいている姿に、胸を痛める。小学校を出てすぐ女中奉公に出されるが、祖母の苦労を思うとずっと胸を痛め、送金もしていた。

それが、会寧へいって、「おくまさん」の指にはめられている指輪を見てしまった。「それじゃあ、あんまりじゃないの」と母は祖母をなじった。

「そんなこと言われたって、おばあさんは世話になっているのだから……」

そう言って祖母は涙を拭いた。少女がただ一度見た祖母の涙である。

吉林駅の行事で幕の内弁当がくばられ、食べた祖母は食中毒にかかる。よばれて会寧の叔父がやってきた。軍服姿である。

少女の家には、蓄音機があり、「……リットン調査団を派遣し……」と米英の対日政策を声高に非難するレコードもあった。そのうちの一枚は「蘇州夜曲」で、叔父は聞きながら、

「叔父さんはこれが好きだよ」

と少女に話しかけた。さらに父と叔父の会話を、少女はよくおぼえている。

「にいさん、軍隊がいやになった」。

叔母との結婚をその父親に申し出て、

「職人風情《ふぜい》に、娘はやれない」

とピシャリとことわられた。昭和六（一九三一）年の徴兵検査で、「甲種合格っ」と背中をぶたれたとき、目の前が真っ暗になったという叔父の話、徴兵よけのお守りをつけさせ

ておいたのに、プールへ泳ぎにいってなくしたという祖母の話。徴兵検査のあと、近所のひとたちが、「親が高齢だから」と区役所にかけあったという話がある。区役所の返事は、「親の面倒は国がみる」で、叔父は朝鮮会寧の工兵連隊に入営したのだ。それまでは、腕のいい家具職人だったという。少女は叔父からもらった手紙のみごとな筆蹟《ひっせき》を思いだす。

結婚を認めてもらうために、叔父は志願して軍隊にのこった。それが、十年も年へて、「軍隊がいやになった」と言う。父がなんと返事をしたのか、記憶は消えてしまった。

人生のやり直しができない地点というものはある。よく他人の就職の世話をしていた父も、叔父の人生をかえる知恵も手段もない。

少女がおぼえているのは、父が愛蔵していた日本刀を叔父にわたしたこと。父は暮しが落ちつくと、懐中時計、コードバンの靴、カメラとその付属品、釣竿《つりざお》、刀という具合に、つぎつぎにほしいものを手にいれている。

日本刀の鞘《さや》を払い、粉を打ち、丁寧にぬぐってゆく父親は満足そうだった。刀の光る刃をおそろしいと少女は思う。おそれているのが少女の自然な気持なのに、戦争とはひととひとの殺しあいとは考えてもみなかった。

刀は叔父の手にわたり、少女の最後の会寧訪問の折、軍刀につくりかえられていた。外出したとき、「あ、軍刀を忘れた」と叔父が言ったのはこの刀である。

北朝鮮の会寧と「満州国」の吉林。

ふたつの家族はそれぞれに生きている。少女は学校の「無炊飯」作業に動員されて、あわただしい毎日になる。近い身内で内地にいるのは、父の姉の一家だけになった。

第五章　学徒動員・無炊飯

「動員」

なにがおこなわれたと思うだろうか。

少女がのちに古書市で手にいれた一冊の資料がある。表紙に大正九（一九二〇）年五月「陸軍省印刷」とあり、左肩に「海軍大学校」の判がおされ、「全48冊内第17号」とあって、「国家総動員に関する意見／臨時軍事調査委員」と印刷されている。

その裏に一枚の小さな紙がはられている。

「国家総動員ニ関スル意見送付ノ件」とあり、「陸軍省副官松木直亮《なおすけ》」とあって、「別冊為御参考及送付候也」とある。

「ご参考のため送付に及び候也」というのだ。

これは近現代の日本で、「国家総動員」についてまとめられた最初の資料と思われる。

二〇一四年は、第一次世界大戦（一九一四—一八）の起きた年から百年目にあたる。オーストリアの皇太子がセルビア人に暗殺されたのをきっかけに、ドイツとオーストリアに対する「連合国軍」は、仏、ベルギー、英、露、豪、伊など、戦線はアフリカをふくむ広大なものとなった。日本は大正三（一九一四）年八月、ドイツに宣戦布告して出兵（特に海軍）、仲介者の役割をたもっていたアメリカは、大正六（一九一七）年四月、ドイツに宣戦布告し、「世界中」が戦火の洗礼を受ける。犠牲者の数は千五百万人をかぞえ、ロシアでは革命が起き、「皇帝《ツアー》」はたおされた。

この戦争の四年間を通じて、つぎに起きる戦争とどうむきあうかが、軍人たちの大きなテーマとなる。この「臨時軍事調査委員」が誰なのか、特定はできない。大正九年にはドイツはすでに敗北している。しかしドイツの戦争体制をこまかに分類し、適否の判定をしているところに、調査委員の姿勢が見られる。集団の研究作業のまとめと思われる。

まず「国家総動員」の定義がある。少女は昭和十三（一九三八）年、日中戦争開始の翌年四月、「国家総動員法」が公布され、その網の目にとらえられた「学徒動員」であること、政治の手まわしのよさ、速さにおどろいている。だが、大正九年に軍人たちによる研究の成果というべき「国家総動員に関する意見」がまとまっていたのだ。

定義に、

「国家総動員とは一時若《もし》くは永久に国家の権内に把握する一切《いっさい》の資源、機能を戦争遂行上最有効に利用する如《ごと》く統制按配《あんばい》するを謂《い》ふ」

とあり、

「人は事業の源泉なるが故に之が統制按配は実に国家総動員の根基《こんき》を成すもの」「之が巧拙適否は実に戦争遂行上重大の影響を及ぼすものとす」

と書かれている。

「精神動員」の項もあるが、精神動員、もしくは民心動員といいうる動員は「実に国家総動員の根源にして各種有形的動員の全局に亘《わた》り形影相伴ふを要し」全局を支配すべきものだが、ここでは専門家の研究に譲るという。

ドイツが「祖国補助勤務法」(一九一六)を制定し、満十七歳から六十歳の男子の使用権を政府の手におさめたように、各国が国民労役法(志願制度)、国民動員法などの法律をつくり、担当する役所を新設した。女性も対象外ではない。それぞれの国が戦争とどのようにむきあったかが書かれている。

百八十頁の本文と図表が九枚あって、付表第一は「交戦各国国家総動員主要法機関一覧表」である。種別として、国民動員、産業動員、交通動員、財政動員、其の他諸動員がある。その他諸動員には、救恤省《きゅうじゅつ》、衛生省（英国）、文部省内国防発明局（仏国）などがある。

付表第二は「交戦各国国民動員機関一覧表」で、英、仏、独の三国があげられている。

付表第三「佛、独両国職業仲介機関一覧表」。

付表第四の一「交戦各国産業動員機関一覧表」、英、仏、米の戦時新設にかかわるものがあげられている。

付表第四の二「交戦各国産業動員機関一覧表」、これはドイツとロシア。

付表第五「米国／科学研究会議／戦時分課一覧表」。

付表第六「独国戦時代用品、廃不用品利用一覧表」。

「代用品利用の部」を見ると、たとえば「綿花」の代用品として、植物の木繊維、特に柳樹皮の内側木繊維、黄麻《おうま》、紙があがっている。ゴムは「集成化学の力に依る一種の金属」

で代用する。起爆剤原料たる水銀の代用品は、「某芳香化合物」である。
「食料」では、食用脂肪→脱臭せる魚油、珈琲《コーヒー》→野菜「チコリー」麦芽等、砂糖→「サッカリン」、蔬菜《そさい》→野生植物、とある。天幕、シャツ、職工服などの代用品は紙織物であり、革製の靴の代用品は紙製木底の靴である。これらはドイツがどんなに無残な戦争をしたかを雄弁に語っている。

付表第七「独国国家総動員機関（国民衣糧に関するものを除く）一覧表」。

陸軍大臣をトップにおく機関の下に戦時局（長は陸軍中将）がある。各課にわかれたほかに局付属顧問調査機関があり、そこに「婦人労役本部」が属している。

付表第八は「米国国家動員機関一覧表」で、大統領のもとにある編成は、一九一七年末のものとすと備考にある。

この表はすべて、第一次世界大戦中の交戦各国の実態を反映している。

日本は「人員資源」は豊富であり、近年人口の漸増もあって前途多望だが、ほかの国防資源は列強にくらべ安んじるものがない。国民の国防、軍事に対する理解の低さはまことに遺憾であり、非軍人対軍部の感情のへだたりをのぞくことは、一般国民の軍事理解をすすめるのに甚大の効果があるという。

「列強が総動員に関し実際に於て多大の経験を積み其の将来の準備計画甚だ容易」であるのに反し、「独り（日本）帝国が今より未経験の大事業に著手せざるべからざるは誠に不利の境涯に在る」。

この実行にむけ「歩を進めざるべからず其の法他なし　上下官民一般に能《よ》く国家総動員の何ものなるかを切実適正に理解」し、各方面で研究をすすめ、「速に具体的成案を成就する」こと。たとえば、内閣に関係官民による「国家総動員研究委員」のごときものを設置することなど、「本意見書にして若《も》し此《こ》の種研究の一資料たるを得ば幸甚なり」。

これが「結辞《むすび》」である。この資料が出されたあと、日本は軍縮時代を通り、「昭和」に年号が改まって、軍隊と国策が歴史の前面に出ることになる。

世界的レベルで「軍事国家」を成功させるこの「国民総動員計画」は、起案者と思われる軍人の死（永田鉄山軍務局長。相沢三郎中佐に昭和十年八月十二日、執務室で刺殺される）で、一度は挫折した。しかし、形をかえて、昭和十三（一九三八）年「国家総動員法」公布、以後、なしくずしの国家総動員にすすむ。イビツだがほかに道なしというように。

資料を送った陸軍省副官松木直亮は、職責が陸軍省の総務と庶務の担当であった。

国家総動員法が印象にのこる事態を生むのは、昭和十八（一九四三）年の「学徒出陣」であろう。徴兵猶予を停止し、大学、専門学校の卒業をくりあげ、徴兵で軍隊にとった。理工科系統の学生は対象外だったが、学生の身分はつづいても、戦争関連の作業につくのが日常的であったという。

朝鮮に徴兵制がしかれ、兵役が義務になったのもこの年。それ以前から、日本人として入隊したいという熱い志願のくり返しを新聞は記事にしている。その後、台湾にも徴兵制が実施された。

中学校、高等女学校が修業年限を一年短縮して、四年制になったのもこの年一月のこと。事態と法律が先行し、すべてをあげて戦争への時代がくる。

昭和二十（一九四五）年になって、少女の学校では授業はなくなり、インスタント御飯といいたい無炊飯の作業がはじまった。

御飯はアンペラ（当時満州で使われたムシロ）の織りくずといっしょになっている。

作業場は、女学校の講堂である。

各班にわけられて、どれだけ仕事が速くすすむか、自然に競争になる。まず唐箕《とうみ》をまわして風をつくり、ゴミをとばす。「唐箕」なるものを少女は生れてはじめて見た。農具のひとつというが、トーミという外国製の道具と思っていた。「外国」とは、どの国をさすものだったのか。

ほこりがたつ。姉さんかぶりはしても、マスクはしない。順番待ちのトーミのつぎは、一食分ずつを紙袋につめる。袋がしっかりした紙であることに感心した。その袋に、どのようにして御飯にもどすか、説明が印刷されていた。口もきかず、クラス全体が熱くなる。昼食の時間、弁当を食べに教室へもどる時間が惜しい。

ある日、級友が少女に言う。

「お弁当の御飯の上に、ゆうべのすきやきをのせてもらうの。ほとんど嚙まなくてもいいようなやわらかいお弁当よ」

この級友の髪は、「最後の輪ゴム」でまとめられている。毎朝、作業がはじまる前に、彼女の髪をとき、ふたつにわけて輪ゴムでくくるのが少女の役目だった。
四、五年前、友達とゴム跳びをした日、輪ゴムは母の手箱にたくさんあった。買物の包みに輪ゴムがかけられ、母はそれを捨てずにとっておいた。少女がいくら持ちだしても、なにも言われない。それがいまでは貴重品、最後の輪ゴムになっている。
無炊飯を考えたのは誰なのだろう。

白米だけの御飯をたき、網の上に水をかけながらひろげる。温度のひどくさがる場所でやれば、ごはん粒はたちまち凍りつく。パラパラになる。それを乾燥させ、水をかければもとの御飯になるという。「孤立した島の兵隊さん」のために、一日も早く無炊飯をとどけなければならないと少女たちは思っている。

制空権も制海権もなくなり、米軍支配下の海と空のもと、孤立した島があるということか。潜水艦で運び、島の近くで海へ落すのだという。先生方が説明されたのではなくて、級友同士が話すうちにそういうことになる。「島」の兵隊さんは、海へわけいって無炊飯の箱をとらえ、陸上へ持ってゆくという話。

一食分ずつ包んだあと、長方形の箱におさめる。一箱に何食分入ったのだろうか。これも、くる日もくる日もおなじ作業だった。

仕事が一段落した日のこと。「明日は耳のうしろの検査をする」と担任の先生に言われる。燃料が欠乏してきて、風呂をたてられない家庭がふえていたらしい。

少女はあさぐろい肌をしている。その夜、いつもより念入りに耳のうしろを洗った。石鹼《せっけん》は、あった。

翌日、教師は教室の最前列からひとりひとり、耳のうしろを見て歩いた。みんな前夜にお風呂に入っているはずだから、注意された生徒はひとりもいない。

教室のなかほどに座っている少女のところへきて、教師は少女の耳のうしろを見る。

「くろいかな」

と教師は言い、教室中が笑った。少女はこの言葉に傷ついた。耳のうしろだけでなく、耳のなかまで洗わずにはいられないクセは、このとき以来となる。

無炊飯の箱には、慰問文を入れるという。毎晩せっせと「兵隊さんへの手紙」を書いた。少女にはすこしためらうものがあって、すらすらとは書けない。

女学生の慰問文であるのに、兵隊さんから返事がきたことがある。絵ハガキに「白百合《しらゆり》の君へ」と書かれていた。白百合になど縁もゆかりもない少女は「ちがう、ちがう」と思っていた。

そのころ、首都新京の女学校で動員中の生徒の事故があった。そのひとの名前は、山田華子だったように記憶する。

グライダーに乗る訓練中、墜落死したという。なんでグライダーに乗ったのだろうと少女は思う。しかし級友とその話をした記憶はない。無炊飯作業しか頭になかった。早く早くと思っていた。

海水に投じたとき、水が入るのを防がなければならない。女学生たちの手紙も入れて箱がしめられ、塗料がぬられる。豚の血だと誰かが言った。

気持が悪くなるようなにおいがする。箱を積みあげ、つぎの箱にまた塗料をぬる。これで終りではなく、仕上げの作業があるはずだった。

走って教室にもどり、弁当をかきこみ、また講堂へ走っていった日。講堂は下級生ともども六クラスの生徒が、争って仕事をしていて、異様な熱気があったのを少女は忘れない。

その一日、思いがけないことが起きる。

全校の行事の打合せをやるといわれて、少女はえらばれて二階の教室へゆく。そこは静かであった。打合せが終ったあと、少女は図書室へ寄ってみた。

文庫版の本居宣長の本がずらっと並んでいて、『玉勝間』の背文字をよくおぼえている。出して頁をくることはしなかった。そこで一冊の本に出合ったのだ。えらんだわけではない。

たちまちその本の世界に引きいれられて、時間が過ぎるのを忘れた。それは『シャーロック・ホームズの冒険』だった。敵国イギリスの小説家コナン・ドイルの原作と知るのはあとあとのこと。夢中になって、厚い本をかかえて読んだ。

手もとが薄暗くなるころ、少女はわれにかえる。兵隊さんのために働いていたのに、少女ひとり、そこから離れてしまった。

階段をかけおりたところに、異様な情景があった。級友たちが、踊ったり、泣いたりしている。戸外へ出てゆこうとしてとめられている友達もいる。

教師のひとりが、「これは、ふつかよいよりもひどいな」と言った。この日の午後、最終的な防水剤がくばられ、それを刷毛で箱にぬったという。これも異臭がしていて、「エーテルのようなにおい」と級友のひとりが言ったが、神経を狂わせる成分の入った液体をぬるうち、異変が起きたのだった。

少女は身のちぢむ思いである。

狂ったような友人たちをひとりずつ衛生室に運ぶ。どうすることもできない。だが、作業現場から離れて時間がたつと、症状はおさまっていった。

ひとり、日ごろから悲しい目をしている級友は、ベッドに横になったまま、夜がきても正気にならない。

手拭《てぬぐ》いをぬらして額にあて、少女は自分が罰を受けていると思う。作業が進行していたとき、一冊の本の魅力にとらえられていたなど、口にできはしない。

硫黄島に米軍が上陸、一カ月の激戦ののち、日本軍守備隊玉砕のニュースは、このころに耳にしたと思う。玉砕という言葉に心の動かない十四歳の少女がいた。

シャーロック・ホームズに夢中になった少女は、その罰を受けいれ、なんでもやらなければ許されないと思っている。

それは、暗い日々だった。

そういう日の午後、級友四人とさそいあって、少女は写真館へいっている。白い替衿《かええり》のついた制服とズボン姿である。

少女の左胸にあるのは、校章と、血液型と苗字を書いた布。ひとりはセーラー服を着ている。久留米絣《くるめがすり》と思われるズボンの級友は、この写真が生涯で最後のものになった。

少女はまっすぐカメラを見ている。もうすぐ死ぬと思っているから、人生にのこす記念の写真と思っている。真面目な顔をしている。

この写真のセーラー服姿の級友は、耳のうしろの検査の日もおなじ洋服だった。袖山《そでやま》にタックをとって、アクセントになるようにしてある。

「なんだ、これは」

と担任の教師は指さきで袖山をつまんだ。

なぜ少女だけが左胸に「認識票」をつけているのだろうか。

第六章　水曲柳開拓団

昭和二十（一九四五）年三月三十一日、少女より一学年上で、四年生になるのが目前のひとたちが動員で街を離れた。吉林中学とあわせて三百人という。駅のホームは見送りの家族であふれたというが、少女はこの動員を知らずにいた。

三年になって、上級生三クラスがいない事態を知っても、おどろいてもいない。

前年から満州でも空襲がはじまって、南満州の工業都市が爆撃を受けた。吉林でも防空演習がたびたびおこなわれ、各家庭が縄のモップ、火たたき棒をそなえるよう隣組からお触れがまわる。

空襲を想定した演習もたびたびあった。砂をかけ、モップと火たたきでたたき、バケツで運んだ水をかける。現実的な少女の母は、

「あんなことをして、焼夷弾《しょういだん》を消せるのかねぇ」

とひとりごとをつぶやいていた。爆撃なら、消火の余地もなく吹っとぶと少女は考え、戦争が身近に迫ったことを感じる。吉林はまだ空襲されていない。

職員室へ出入りするとき、軍隊の生活を真似《まね》て「×年×組、（姓名）生徒、入ります」または「帰ります」と言うことになった。

毎月八日は大詔奉戴日《たいしょうほうたいび》で、昭和十七（一九四二）年以来、登校前に吉林神社に集合、「かちいくさ」を祈ってきたが、そのほかにも神社参拝の日がふえている。

二十年五月のある日、鳥居をくぐり「分列に前へ」の号令で整然と歩いていたとき、少女の視線はM先生の姿をとらえた。よそ見など許されないからほんの一瞬である。先生方は全員、カーキ色の国民服を着ている。この日、M先生は背広姿で、三歳くらいの男の子の手をひいていた。

その立ち姿にあきらめと悲しさがあるのを少女は感じる。

少女は三年三組に属し、M先生は三年二組の担当だった。数日後、登校した二組の生徒は、教室の黒板に書かれたM先生の筆蹟を目にする。

今日よりはかへりみなくて大君の
　醜《しこ》の御楯《みたて》といでたつわれは

M先生にも召集令状がきたのだ。二組の生徒は急いで黒板を拭いてしまったから、少女はM先生の「さよなら」を見ていない。

無炊飯作業が終り、農場で働くことが一年から三年までの生徒の仕事になる。すべての配給品が窮屈という以上のものになった。職員室で掃除をしていた少女は、四十すぎの裁縫の教師が話している声を聞いた。

「四十までなんて。四十すぎはたれ流しということなの？……」

脱脂綿の配給が四十歳までに制限されたことを少女は知る。この記憶もまた、「事実」としてずっとのこることになる。

この教師はきびしいひとで、運針用布を忘れて「被服」（裁縫）の授業に出、となりの洗濯室で遊んでいてひどい怒りをかい、立たされたことがある。記憶はからだでおぼえるというのはあたっている。立っている恥ずかしさと、教師の怒った口調は忘れない。

その教師が内地へ帰った。身辺のひとの不幸かなにか、余儀ない帰国のようである。そして吉林にもどってきて、生徒たちにむきあったときに言った。

「空襲なんて言うけれど、想像できるようなものじゃないですよ。名古屋なんか、全市燃え果てて、焼け跡に鉄道線路《レール》が走っているだけでしたからね」

当時、世界地図をひろげて、日本軍が占領した土地にしるしをつける習慣があった。どれも地理が苦手な少女の知らない地名ばかりである。一年たたないうちに、その土地で、転進と玉砕の報があいついだ。

ガダルカナル、アッツ島、ニューギニアのバサブア、コロンバンガラ、マキン・タラワ、クェゼリン、サイパン、グァム、ビルマのミートキーナ、パラオ、レイテ、マニラ……。縁のなかった土地なのに、何十年も少女の頭にきざまれた地名。そのあと旅をしていて、知らなかった土地なのに、この地名なら知っていると思うことが多い。

M先生だけでなく、先生方の召集があいつぎ、空襲は日本本土全体にひろがる事態にあって、戦争が末期であると考えなかったのは、少女だけではなかった。自分の身が痛みを感じなければ、感情は眠ったままでいる。

少女たちは、冬はスケートリンクになる校庭に大きな穴を掘らされ（堆肥壕《たいひごう》とよばれた）、身丈をこえる深さの大穴ができたあと、つぎの作業を命じられる。

穴は農場のこやしをつくるためであり、馬糞《ばふん》をひろい集めることがつぎの任務になった。

馬車は車のない社会の大事な交通手段であり、吉林市内の道路には、馬糞が落ち、乾いた風に吹かれている。

楊柳《やなぎ》の枝を編んだ籠《かご》を手に、小さなシャベルを持って、女学生は道路を目をこらして歩いた。新しいものほどとりやすかった。だが、それはにおう。

どれだけの量ときまっていないが、ふたりでひとつの籠を持ち、いっぱいになれば学校へもどり、校庭の穴へ運んでゆく。百二、三十人の女学生が馬糞ひろいに熱中しているのは、奇妙な風景だったと思う。

親には言えない。動員は、「戦争完遂」のためと言われても、授業料を払った女学生が、登校したあと、街の清掃ならぬ馬糞ひろいというのは、自分でも妙な気がした。そのうちに少女は馬車の馬を飼う中国人をみつけだす。農業をやっているひとにとって、馬糞は貴重なこやしであろう。しかし、商人は掃除の手間がはぶけると思ったのか、少女のおそるおそるの申し出に、中国語で「いいよ。いくらでも」と答えた。

馬小屋のにおいと、山になった馬糞の風景は忘れがたい。それも学徒動員のヒトコマであった。

つぎの動員さきは、開拓団という。一カ月間の泊りこみである。担任の教師の回想によれば、千振《ちぶり》村と水曲柳《すいきょくりゅう》村のふた組にわかれたという。

少女は、水曲柳開拓団へいく。長野県出身者の村で、五、六軒ずつにわかれ、土塀にかこまれていた。誰と組になったのか、名前も顔もおぼえていない。

一カ月とはいえ、親から離れる暮しははじめてで、出発前には母からいろいろ注意があったはずだが、おぼえていない。列車の北上後、拉法《らほう》でのりかえのため下車。ここの開拓団へ家族で遊びにきたことがあると思った。学校の講堂のようなところへ入って、ハルビン行きの汽車の到着を待つところから記憶ははじまる。

水曲柳はハルビンに寄っている。ふたりずつふた組がひとつの村に入った。ほぼ一週間ずつ各家庭をまわる。

最初の家は、はきはきした話し方をするひとと、歩きはじめた子どもがひとり。ここへきて、開拓団の家が泥づくりであり、窓ガラスはなく、水道も電気もないことをはじめて知った。

満州で暮した日本人といえば、「苦労知らず」と思われがちである。七十年の歳月をへて、かつての少女は、開拓団での動員生活を思いだす。満州で暮した日本人で、水道も電気もない生活を送ったひとがどれだけあるだろうか。

少女は、一カ月間にまわった五軒で、働き盛りの男手はひとりもないことを知った。動員された少女たちは、最後の召集でとられた男たちの身がわりであった。

一軒に小さな子どもがひとりかふたり。畠《はたけ》の広さは、想像をこえている。「女学生さん」とよばれ、「小母さん」とよんだが、子どもの小さかったことを考えれば、「小母さん」は二十代の女性であった。

オンドルは冬のものと思っていたが、最初の家ではカマドはひとつ、夜は余熱の床で全身汗をかいて眠った。

小母さんと近くの畠の草とりにいったときのこと、もんぺの紐《ひも》をほどいて、小母さんはうしろむきの立ち小便をした。男だけのものと思っていた少女は、息がとまるほどおどろいた。女の生理は立って用を足せるようにもなっているのか。

おなじ村でありながら、別のふたりと顔をあわせることもない。満州の夏は日没までが長くつづく。電気がないから、夜がくれば寝るしかない。ラジオももちろんない。本も雑誌も一頁も見ることなく、どの家へいっても、黙ってよく働いた。

遠くに見えている中国人の集落へ豆腐を買いにゆかされたことがある。二軒目の家でのこと。ここには小さな子どもがふたりいた。豆腐はめったに買わないご馳走《ちそう》で、親許を離れてきた女学生への好意らしいと少女は感じる。

ときどき引率の教師が見まわりにきた。このひとは開拓団への動員中に、沖縄の「玉砕」を知ったとのちに書いている。少女は知らない。

豆腐を食べた翌日か翌々日、沼のそばのタバコ畠の見まわりを頼まれる。タバコはまだ根づいたばかり。根切り虫が根を噛みきると、タバコはしおれ、つぎに枯れる。

タバコ畠の見まわりは、しおれた葉に鍬《くわ》を入れてぬき、新しい苗を植えることだった。近くの森で「カッコー」と鳴く声を聞いた。少女たちは厚地の白木綿の運動着とズボンという服装をしている。陽が落ちかけると、薄く暮色に包まれる感じになる。タバコ畠全体を生きかえらせるころには、夜になった。

その夜、背中のかゆさに少女は狂いそうな思いをする。手のとどくかぎりかいて夜が明けた。太陽の光のなかで上半身裸になり、級友に蚊にさされたあとを数えてもらう。百いくつと言われた。ひとの血に飢えた藪蚊《やぶか》は、少女ひとりの背中をねらったらしい。近くには沼があった。

三軒目は家族が多くてにぎやかだった。子どもの数も多かったと思う。夜はほんのいっとき、カーバイトランプであかりをとった。はじめて風呂がわかされたが、女学生ふたりの番がくるころには、湯桶《ゆおけ》の半分以下の湯しかない。

井戸の水を汲《く》むのだが、顔を洗う習慣がなくなった。一週間たたぬうちに少女は生活をかえる。周囲のひとたちにならった。ここにいた数人の男たちは、五十代以上、女学校の教師たちよりずっと年長に見えた。関東軍の召集をまぬかれる年配だった。

ある日、「野豚」がつかまる。「猪《いのしし》ですか?」ときくと猪ではないと言う。野豚がどんな動物か知らないが、村中お祭さわぎになった。なにもかも、内臓もすべて鍋に投じられて、燃える火のあかりでそれを食べる。

この席に集まったなかに、産み月が目前の、おなかの大きいひとがいた。その家がつぎにゆく家だった。

この家の井戸は長い縄のついた釣瓶《つるべ》はあるが、大地に穴を掘って水に達したまま、なにもほどこしていない。いつくずれるか、水を汲《く》む人間が落ちるか、不気味なものであった。召集されたあるじは、危ない仕事は自分がやり、井戸を完成する必要を認めなかったのだろうか。

少女は井戸に釣瓶を二度、三度落して水を汲みいれ、腹ばいになって縄をひきあげる。井戸に落ちる恐怖が防衛本能をひきだしたようだった。上からのぞくと、静まった水面にまわりの新緑がうつってうつくしいと感じた。

この家にはあるじの弟がいた。なぜ軍隊にゆかないのか、井戸とおなじように不気味であった。このひとは「吸いだま」の治療を義姉にしてもらっている。線香をもやして空気をぬいた丸いガラス玉が皮膚にはりつき、カミソリで切ったところから血がたまるのを少女は目にした。病気持ちだったのかも知れない。

もっともおそろしいのは、お産であった。

「女学生さん、お願いしますね」

と言われて、少女たちは黙ってうなずいたが、医者の姿もないこの村で、お産になったらどうしようかと話しあい、ふるえる思いだった。

一日、女学生たちの集まりがあって、その日は仕事から解放される。小さな山のてっぺんが集合場所だったが、ほとんど会話はなかった。たがいに薄汚れた姿で想像をめぐらし、辛い話をしても仕方がないと思ったのかも知れない。

引率の教師は、木陰をつくっている木を指さして「これは、満州菩提樹《ぼだいじゅ》だ」と言った。頭上に茂る木にあこがれの気持がわいた。

風呂なし、洗濯なしの日々で、鍬を使った除草の一日が暮れてゆく。感じない人間になっていた。高粱《コーリャン》飯を食べ、開拓団員の生活が現地中国住民より下にあると感じる。男手を根こそぎ召集するとは、開拓団はもうどうでもいいということではなかったか。女学生を動員することに気休め以外の意味があっただろうか。

その一日、見まわりにきた教師が少女に問う。

「あなたのところへ予科練の生徒から返事がきて、喜んでいるという話がある。本当かね」

親許からさえ、一通のハガキもこない生活である。予科練へゆきたいと熱望したのは事実だが、予科練の住所も知らない。おなじ願望だった級友はどこにいるのか、消息もない。

「予科練の手紙？　いいえ」と否定しながら、少女はひどいズレを感じた。

「最後まで戦う」と戦争目的がかわってきている。神州不滅をとなえ、「敗《ま》けられません勝つまでは」の言葉が、いつか日常にしみわたっていた。

さいわいお産はなく、少女たちは五軒目の家に移る。母と息子のふたり暮しで、息子は十三歳くらい、つまり少女と同年代である。食事のときむきあって座る。どちらも口をきかない。この少年は開拓団の事務所で働いているらしかった。

軍隊にとるにはおさなすぎるとしの少年と、ふたりの女学生は、一週間近く、ひとつ屋根の下で暮している。

動員期間が終り、明日は吉林へ帰るという夜、少年と母との会話は、黙っている少女たちへの話しかけであった。

少年は蛍をとってきたのだ。

「いやあ、とんだ、とんだ」

「そんなにとんだかね」

若い母親の声には、息子へのいたわりが感じられた。

蚊帳がはられていた。はなたれた何匹かの蛍が、呼吸するように光をはなった。「とんだ」というのは「走った」という意味。漆黒の闇《やみ》のなか、蛍の光を目ざして走っている少年の姿が見えるようであった。痩《や》せてひょろりとした少年。それまでなにも心の通うようなことはなかったのに、一カ月の開拓団生活の最後の夜、「青春」とよびたいような心の通いあいがあった。

吉林駅頭には、親たちの出迎えがあった。そこに母をみつけて、少女は意外に思う。背中のリュックサックはやっと立っているほど重い。母の手がそれをはずしてくれた。大豆、いんげん、野菜、そして水曲柳の特産というべき日常雑器の陶器をみやげにもらって背負ってきたのだ。「ご苦労さま」とも言われない。ごく自然にわが家へ帰るが、着ていたものは全部ぬがされ、ただちに風呂に入る。髪を洗う。一カ月ぶりの洗髪になる。からだにも髪にも、シラミがいた。水銀軟膏《なんこう》を頭の地肌にすりこまれ、手拭いでしばって一時間ほど。これが「帰宅」ということだった。午後四時ころに仮睡のつもりで横になり、目がさめたのは翌日の午後である。

少女は帰ってきたが、全満に散らばる男手なしの開拓団の前途はどうなるのか、心にこだわりがのこった。

日本の政治、当時の軍の「なれの果て」。この年七月五日、関東軍は極秘の最終作戦構想を内定。少女の動員中のことだ。図們と新京と大連をむすぶ三角地帯を絶対の国防圏として、あとの三分の二以上の満州は放棄するというのだ。

ごくかぎられたひとたちだけしか知らない。誰も知らなかった。満州国皇帝は新しい中心となる通化へ移動するよう準備がはじめられる。

絶対国防圏の外で見捨てる土地へ、十四歳の少女は動員された。「軍ノ主トスルトコロハ戦闘ニアリ」と戦後に言いわけしたのは、当時関東軍の作戦参謀であった草地貞吾大佐だが、捨てられる満州一帯に暮す日本人、なかでも開拓団への配慮はない。

朝鮮軍は、関東軍総司令官の指揮下に入ることになる。

第七章　八月十五日・敗戦

学徒動員の計画は、新京の組織できまるらしい。授業はないし、動員につぐ動員のプランはきまったのだが、開拓団から帰宅して、長時間眠りつづけたあと、少女は学校へ行く気力が萎《な》えた。

「あわてることはない。すっかり疲れがとれてから行きなさい」

と父に言われて、少女はめずらしくうなずいた。シラミだらけであったことも、それに気づかなかった一カ月も、自分では信じられないことである。

そのあと、考えると、シラミがはっているような感覚がある。ぬいで母に見てもらう。

「神経よ。なにもいない……」

と言われて自信を失う。そのくり返しをして、数日が過ぎてゆく。

「登校せよ」

の伝言が、友から友へ、口から口へという具合に伝えられた。

新京一中三年生の開拓団ゆきは、動員期間が延長になったらしい。少女たち女学生は、はじめの予定通り、七月十日に一ヵ月で帰されたが、つぎの動員が待っている。

今度の動員は、吉林陸軍病院の特志看護婦、特看になること。三等看護婦見習いが、女学校の講堂を教室にはじまった。

〝看護心得〟という薄い冊子がくばられたが、それは一冊ものこらないことになる。なにが書かれていたか、少女はのちの古書市歩きで探しぬいたあと、あきらめる。

兵隊になるには、なんとむずかしい日本語の暗記をしいられるのか。

「歩兵操典」や「作戦要務令」を見ると、〝看護心得〟がどんなに難解で、実生活から離れた文章か、想像できる。しかし、少女が暗記した条文が記憶から消えてゆくのは早かった。

教えるのは、軍医（中尉）がふたり、衛生兵長、看護婦がそれぞれふたり。いずれも二十代前半であったと思われる。四人は少女たちが接触したことのない若い異性である。

半頁ほどの文章を解説すると、軍医は女学生を指名して、その暗唱を命令する。なれない文章の丸暗記の上、時間の猶予もない。

指されたひとは途中でつまずき、絶句する。ふたり、三人と絶句がつづいた瞬間、三人の女学生が立った。

引いた椅子《いす》の音がひびくような、激しい立ち方である。軍医に近いところにいた級友がすらすらと暗唱する。立って進退きわまっていたのが、予科練ゆきを熱望していた級友と、少女であった。

級友のひとりは

「陸軍軍医兵長……殿」

とよびかけ、

「衛生兵長に、軍医はいないよ」

と若い兵長を苦笑いさせた。

「戦友ニオコナフ上肢骨折ノ手アテ」

など、具体的な処置に授業はすすむ。少女は副木《そえぎ》のあて方を納得できた。

「股動脈ノ止血」が教えられたとき、全員が整然と床に横になる。

ひとりひとり、教員たちが確認してまわる。少女の列ではK衛生兵長が担当した。

「ここだ」と言われて、胸あてズボン姿の少女は頭がはちわれそうになる。その日、生理であった。気づかれはしないかというおそれが、少女のドキドキをもっとつよくしたと思う。

少女は、世話になった開拓団の妻あてに、礼状を書く。少女たちの家も、防空演習がくり返され、窓はカーテンがひかれ、電灯もおおわれて、暗い部屋である。そこで、電気のない生活をしているひとたちへ「勝つまでがんばりましょう」と書くことは、うしろめたい気がした。

看護婦教育は三年生を中心に、四年生の五分隊（病弱者やツベルクリン反応が陽転して、作業に出られないひとたち）の生徒におこなわれる。

授業よりも熱の高い動員であった。

生徒たちはひそかに、思うひとをつくった。擬似恋愛までもゆかない。むかしから言われてきた「お熱をあげる」状態。年長の軍医（といっても二十代前半）の名前をあげ、「あんなお年寄り！」と級友をびっくりさせたひともある。そういう内輪話をかわせるひとときもあった。

この動員中に、陸軍軍医中将の視察があった。「中将殿は、猫のような手つきをして答礼されるから、全員、けっして笑わないように」と衛生兵長が真面目な顔で言った。「中将」は軍医の最高の階級と教えられた。

いつもとかわらない八月の一夜、父も家にいて、家族五人、眠りについていた。

夜中、それまで聞いたことのない轟音《ごうおん》がひびき、窓からのぞくと真っ昼間よりも明るく、吉林駅がくっきり浮かびあがって見えた。

B29がきたと少女は思う。ついに空襲がきたのだ。やがて警戒警報、つづけて空襲警報のサイレンが鳴る。

飛行機は、爆音も姿もない。家の裏手に防空壕《ぼうくうごう》がつくられ、空襲警報が出たら、そこへ避難することになっている。だが「様子を見よう」と父は言い、家族はそのまま寝入った。

これが昭和二十（一九四五）年八月九日零時、ソ連の参戦であった。午前一時ころ、満州各地が爆撃されたとあとで少女は知る。

ソ連とは「日ソ中立条約」がむすばれ（一九四一）、少女が見ていた「写真週報」に彼女の思慮分別をこえた写真がのっていた。ひとびとが行進している。先頭に旗をかかげたひとがいる。「ソ連革命記念日」と写真説明があったように思う。

ソ連と革命、いったいなんだと少女は不思議に思うが、そう思ったことだけが記憶にのこり、調べることも、まわりのおとなに聞くこともなかった。

そのソ連が対日宣戦布告をした。日独伊三国同盟をむすんだのは、昭和十五（一九四〇）年。イタリアが負け、ドイツは一九四五年五月、降伏。ムッソリーニもヒトラーも死んだ。

前年十二月二十六日、帝国議会開院式の勅語がある。そこにはじめて「今ヤ戦局愈々《いよいよ》危急」の表現がある。この言葉はかつてはなかった。そして、「味方」と考えていたソ連も敵になった。戦うのは日本一国である。

「絶対」ということはなくなる。

少女にとって、「戦争」とは漠然としたものであり、そこで死ぬときめながら、なにをやるのか、つきつめて考えていない。「考えて答えを出すことのない日々」が、少女の戦争であった。

看護婦教育は一変して、「実務」にかわる。ソ満国境をこえて攻めてきたソ連軍に対して、野戦病院にいた患者たちの後送がはじまる。

受けいれさきのひとつは、野戦病院にかわった吉林高女であった。

少女たちは、野戦病院勤務になる。

各教室が内科室や伝染病室になり、生徒はそれぞれの部屋にわりあてられる。

伝染病室にわりあてられた級友は、少女に会うと、

「こわくって、ふるえているのよ」

と言った。伝染病のこわさは、少女は弟ふたりの死でよく知っている。かわりに伝染病室勤務を申し出たかったが、少女が命じられたのは、食事担当であり、洗濯室勤務である。

大きな鍋で白米をたき、おむすびをつくって各病室にくばる。一日一回ではないから、少女たちは必死に働いた。

たきあがった御飯の熱さを、生れてはじめて知る。たちまち両手は火傷《やけど》したように赤くなり、つづかない。

「患者」は大八車などにのせられ、毎日運びこまれてきた。

白米のたきあがりのにおい。うまそうなにおいのなか、夢中でおむすびをつくっていたとき、ソ満国境で激戦があり、全滅がつづいていたとは、少女は考えてもみない。その最後の戦闘の一端に、工兵准尉の叔父とその家族もいたことになる。

級友のひとりが、母親から伝授された知恵を伝える。たきたての御飯は、濡《ぬ》れ布巾《ぶきん》でむすぶという。

火傷の危機は去ったが、そのあとの何日間か、記憶は空白である。

「明日正午、動員部隊の解散式をおこなう。場所は吉林神社」

と伝えられるのが八月十四日。患者をさらに後方へ送る移動がはじまっていて、看護婦が細い肩に担架の綱をかけて患者を移動させる姿を、少女は見た。大八車にのせられた患者もいた。

吉林「野戦病院」が解散というのは、自然ななりゆきだったろうか。

軍医中尉が訓示した。

「時局はいよいよ重大な段階を迎えたが、最後のひとりになるまで、必勝の信念を持って戦いぬくよう」

整列していた女学生の列に、号泣の波がおそう。解散が無念である涙とともに、心ひかれたひとと引きさかれる悲しさに身をまかせる。

よく晴れた日であった。ちょうど、正午をはさむ時間、少女は、自分にこれほどの涙があったのか、自分でも不思議な大泣きをしていた。

解散式が終って、家路につく。

駅前の満鉄社宅の家並みが終るあたり、すこし上り坂のさきに「吉林陸軍病院」の看板がかかっている。

そこへ帰ってゆくK衛生兵長を、少女は級友とふたりで送っていった。その級友が誰であったかも記憶にない。

神社を出て、太馬路を歩いているとき、顔の前に中国人の子どもが旗をつきつけるように出し、

「ニホン、マケタ」

と言った。少女はK兵長にたずねる。

「兵長殿、日本負けたと言っています」

兵長は歩きながら、前方を見たまま言った。

「『流言蜚語《ひご》は信念の弱きに生ず。惑ふこと勿《なか》れ、動ずること勿れ。皇軍の実力を確信し、篤《あつ》く上官を信頼すべし』と戦陣訓にあるだろう」

少女は黙った。「そうか」と思った。あの旗は「青天白日満地紅」の「中国（中華民国）」旗であり、それを早くも子どもが持っていることは、満州国とその運命の予告であったことになる。少女は知らない。

陸軍病院の門前で、兵長殿と別れる。少女と級友はお辞儀をし、兵長殿は挙手の礼でこたえる。このひととこの世で会う最後の瞬間になる。

別れてひとりになり、わが家へ帰る。

ソ連参戦後、牡丹江方面から満鉄家族の南満への疎開がはじまり、少女の家にも、夫が応召中の若い夫人が寄宿していた。

台所側のドアをあける。

台所につづく四畳半はいつも食事する部屋で、食卓がおいてある。少女はこちらむきに座っていた父親とばったり眼があう。

「戦争は終ったよ」

「負けたよ」と言ったのかも知れない。少女はうなずくだけで、なにも言わなかったが、

「あ、神風は吹かなかったのだ」と心のなかで思った。

戦争について、敗戦について、親たちとどんな話をしたのか、おぼえはない。牡丹江夫人という他人がいて、生活はよそゆきになっている。親子が会話をする空気はまったくない。弟妹はまだおさなく、少女は敗戦を知っても、一滴の涙も流していない。この日、国は消えた。


隣組に満鉄の経理にいるひとがあり、父は「貯金はおろした方がいい」と耳打ちされる。さっそく何千円かまとまった満鉄内部での貯金をひきだすが、すべての預金が封鎖されるのは、その直後のことになる。

少女の家わきの中国人小学校には、日本軍兵士がたむろしていた。

九日のソ連参戦からほどなく、通化方面に増強されるはずの軍隊が貨車で南下し、吉林

でおろされる。指揮官は姿を消した。

毎日が「兵隊宿」のようになる。

兵隊たちは、ここへきて敗戦を知り、なすところなしになった。少女の家へくる五、六人の顔なじみができ、毎日風呂に入り、畳に寝ころんだり、本を読んだりしていた。

朝鮮方面から満州へ疎開してくるひとたちがあり、母は叔父一家が姿を見せないかと待っていた。

兵隊たちと仲よくし、乾パンをみやげにもらい、自然消滅の女学校の生徒も、兵たちとおなじように、身の処し方がわからないまま日が過ぎてゆく。

十六日から市内に暴動が起きる。

中国人が集団で日本人宅をおそい、ありとあらゆるものを持ちさる。抵抗して殺されたり、ケガしたひとが出た。

父たちは「自警団」をつくったが、満鉄社宅もいつおそわれるか、おぼつかなくなった。おそわれれば、身ひとつで逃げる以外ない。

十九日、ソ連軍が入るという。少女は通りへ出て、並んだひとたちのうしろから眺めた。

予想をこえる大きさの戦車《タンク》が通る。戦車のハッチはあけられ、銃をかまえた兵士が立ち、前面にはソ連兵数人が座っている。少年のように若い。

軍衣とソ連でも言うのだろうか。シャツもズボンも破れて、風にヒラヒラしている。頭はみんな丸刈りだった。

そのあと、関東軍は武装解除を命じられる。将校以下すべての兵士は、武装（銃や短剣など）をソ連兵に引き渡して、降伏するのだ。

「恥を知る者は強し。常に郷党家門の面目を思ひ、愈々奮励して其の期待に答ふべし。生きて虜囚《りょしゅう》の辱《はずかしめ》を受けず、死して罪禍の汚名を残すこと勿れ」（「戦陣訓」）

「戦陣訓」も「歩兵操典」や「軍人勅諭」も「無」になる。「死して罪禍の汚名を残すこと勿れ」という前提が、すべて崩れたのだ。軍隊は解隊する。

ソ連兵にマンドリン銃（マンドリンの形の銃で、筒さきを相手にむけ、連射可能な武器）をつきつけられ、元関東軍兵士は隊伍《たいご》を組む。

夏の夕方がきていた。この夏、雨が降った記憶がない。

隊伍を組んだ兵士は、軍歌をうたって少女たちの視界を去ってゆく。うたっていたのは

「戦陣訓の歌」である。

日本男児と生れ来て
戦《いく》さの場《にわ》に立つからは
名をこそ惜しめ武士《つわもの》よ
散るべき時に清く散り
御国に薫れ桜花

指揮官のいない部隊であった。つまり兵隊も本隊からおきざりをくった形である。少女と水盃《みずさかずき》をした兵士もいる。前途になにがあるのか、誰も知らない。不思議に少女には感傷はない。

学校の校庭には、武装解除の銃が小山のように積みあげられている。ソ連兵がそれを持ちさる。

日本人家庭には、兵隊たちが持ちこんできた毛布や、食料品などがあった。ひとりがそれを校庭に捨てにゆくと、各戸これにならう。軍隊とのつながりを追及されるのは危険であると「知恵者」が言ったらしい。たちまち日本軍所持品の山ができた。

一夜明けて、窓から中国人小学校の校庭を見た少女は、一物ものこさず消えていることを知る。夜のうちに中国人が運びだしたのだ。日本軍もソ連軍も、中国人には関係ない。毛布一枚の金額がものをいう。中国人の対応力の凄《すご》さに圧倒された。

道わきに立つ中国人物売りの動静を、窓から緊張して見ている日がつづく。しかし、満鉄社宅は暴動をまぬかれている。

そのころ、捕虜になることをやっと逃れた兵士が、「女は髪を切れ、男装しろ！」と訴えて走りぬける。少女は直接には聞かなかったが、伝え聞くとすぐ決断する。

髪をむすんだ紐を切り、玄関のたたきにうつむいて髪を垂らし、母の裁《た》ち鋏《ばさみ》で髪の毛を思いきり切った。

強姦《ごうかん》、レイプなどという言葉は知らない。だが、占領下の女が直面する運命を、少女は本能的に理解している。

第八章　いやな記憶

昭和二十（一九四五）年八月、十五日をさかいにすべてがかわる。少女自身茫然《ぼうぜん》自失、なにも考えず、考えようともしなくなる。

「わたしの言った通り、負けたね」というたぐいの言葉を、母から一度も言われたことはない。言われたら、素直でない少女は考えたかも知れない。これまでなにをしてきたのだろうか、と。

負けると考えたことはない。相手を否認するだけで、具体的には敵に関してまったく無知である。教えてくれるひとが、周囲にはなかった。

新聞がとどかなくなるのは六月早々で、敗戦をさかいに情報はゼロになる。どこからも、なんの連絡もこない。

「広島へ敵新型爆弾　B29少数機で来襲攻撃　相当の被害」「ソ連対日宣戦を布告」「長崎にも新型爆弾」などの新聞記事、「新型爆弾」はすぐに「原子爆弾」とよばれている。「ソ連へ申入れ／赤軍進駐区域に不祥事」の記事が出るころには、少女はすでに「占領」を体験し、新聞は見ていない。

おそらく吉林だけではなく、満州全体がそうであったと思う。

満州と日本本土の間には、海がある。海をとびこえて、生《な》まのニュースがとどくような時代ではなかった。

中国人の暴徒におそわれた近藤夫婦と生れて間もない男の子の三人を、父はつれてくる。近藤は朝鮮人だった。差別感がないのは、女学校の級友にも少数だが台湾人がいて、朝鮮人がいて、それがあたりまえのことであった。

父はいつもゆく床屋で、腕のいい近藤と親しくなった。敗戦後に暴動にあった近藤一家は、父に招かれて少女たち一家との共同生活へ自然に入ってきている。

少女は自分で切って、ざんばら髪になっていたが、シラミが卵を生みつけていて、それが銀色に光った。

近藤夫人の膝枕で、ひとつずつ死んだ卵をぬきとってもらう。そして、そのひとの体臭に気づく。

その一日、鍵《かぎ》のかかっていない玄関から、マンドリン銃をかまえたソ連兵士がひとり、靴をはいたままあがってきた。

家のなかを眺めまわり、なにも盗《と》らずに出ていった。抽出《ひきだ》しをあけることもしない。はじめて見たタンクのソ連兵よりも、きちんとした軍服を着ていた。

ねらわれたのは、腕時計という。五つも六つも腕にはめていたソ連兵の話をするひとがあるが、少女は見たことがない。

裏庭にヒマが植えられていて、そのわずかな空き地でトマトをつくっていた。ある日、逃げてきた日本兵が、のこっている青いトマトを、食べるのを目にする。捕虜の列から逃れたひとりである。

軍帽をかぶると額の半ばから下は陽《ひ》にやけ、上半分は「白」くのこる。ソ連軍は男の顔を見て、額のやけ具合で軍籍にあったかどうか判断するという噂が流れた。はじめは「軍人」にしぼって、捕虜にしたのだ。

かつての同盟国であったドイツの負け方（一九四五年五月）を、半藤一利氏が書いている（『ソ連が満洲に侵攻した夏』一九九九年、文藝春秋）。

敗北を予見したドイツ海軍元帥デーニッツは、降伏の四カ月前から、水上艦艇の全部を、東部ドイツからの難民と将兵を西へ移送するために投入した。「ソ連軍の蹂躙《じゅうりん》から守るためである」と。

少女は戦後、ソ連をたずねたとき、おなじ捕虜でも、ドイツ人は集団の規律を守ってソ連当局に交渉をおこない、条件をかえさせ、帰国は日本人捕虜よりも早かったと聞かされる。

半藤氏の文章はつづいていて、

「東部から西部へ運んだドイツ人同胞は二百万人を超えている」

「敗戦を覚悟した国家が、軍が、全力をあげて最初にすべきことは、攻撃戦域にある、また被占領地域にある非戦闘民の安全を図ること」

「その実行である。……日本の場合は、国も軍も、そうしたきびしい敗戦の国際常識にすら無知であった」

少女は半藤氏とおなじく昭和五（一九三〇）年生れ。半藤氏はのちに昭和史に精通する書物で、日本政府への批判、独自の意見をはっきり書いている。氏は敗戦の年の三月十日、下町で空襲にあい、火を逃れた川で死ぬところだった。少女は空襲すら知らない。男と女、本土と満州の敗戦体験の差は厳然としてある。

異国、異民族とまじりあった長い歴史を自覚する国々（ひとびと）と、「単一民族」を誇り、島国であった国の偏見、国際感覚の欠損を感じる。

少女はずっと疑問を持っていた。敗戦がきまるとき、海外に住む日本人の処遇はどう考えられていたのか。誰がどんな発言をし、どんな方法が講じられたのか、ということを。

貴族院、衆議院で論じられる前に、「満州には百万に近い在留日本人がいる。彼らは身に寸鉄も帯びていない。……関東軍の兵力では、彼らを守ることはできない。……平和で安楽な夢を結んでいた人々が、一夜にして修羅場に叩き落とされたのだ。悲惨この上もないできごとである」と池田純久は書いた（『日本の曲り角』一九六八年、千城出版）。

池田は敗戦のおよそ二週間前、関東軍参謀副長から内閣綜合《そうごう》計画局長官として東京へ帰っている。そのあとの閣議と、八月九日から十日にかけてと十四日の二回の御前会議に幹事としてつらなり、記録をのこした。宮中の地下防空壕内でのことである。ソ連参戦の報に「万事休す」と感じて涙を流したという。そして、在満日本人の運命を思ったと書いている。だが、「こんな転変は戦場の常だ」と思う。鈴木貫太郎首相に招かれ、関東軍はソ連の攻撃を阻止できようかと問われ、

「ソ連軍とは一刻も早く停戦を結び、なるべく兵火の満州南部に及ぶことを避けねばなりません。在留民、開拓団がかわいそうです」（傍点引用者）

と答えたという。池田は陸軍中将であった。敗戦までの重臣たちの会議は混迷そのものだが、結論として、ポツダム宣言受諾の玉音放送になる。

疑問を捨てなかった少女に、心にのこる発言がある（深井英五『枢密院重要議事覚書』一九五三年、岩波書店）。

昭和二十年九月三日（少女が十五歳になる誕生日）、枢密院では天皇、東久邇宮《ひがしくにのみや》首相列席のもと、重光葵外務大臣の報告をめぐって、枢密顧問官が意見を述べる。そこに次の発言がある。

「芳澤（謙吉、外交官出身）在外兵竝《ならび》に在外居留民の帰還は輸送関係により頗《すこぶ》る困難と思

わるるが、在外居留民殊に支那、満州、朝鮮にあるものは成るべく残留して、其の事業等を続け得るようにしたし」（傍点引用者）

重光外相の答え。

「輸送の困難甚だし。……御指摘の地域に於ける居留民の立場維持に就《つい》ては、最善を盡《つ》くす」

東部ソ満国境では、ソ連軍戦車隊が八月十三日には満州国内へ入ってくると思われている。その日、国境のほとんどの部隊は全滅している。五味川純平氏のように中隊百五十八名中、生きのこり四名のひとりとなった例がある。彫刻家の佐藤忠良氏は国境線近くで「突撃ー」と号令をかけた上官に「待ってください」と叫んで気勢をそぎ、捕虜となり、シベリアでの抑留生活を送ったという。

なによりも、開拓団であり、男手の乏しい女子どもの集団がどうなるか、少女の頭のなかに泥の家の一カ月が消えずにのこっていた。

牡丹江から撫順《ぶじゅん》へむかう女性は、ソ連参戦から程なく、少女の家にきている。満州の中どころの吉林市は、北満から列車で南下する日本人家族の受けいれさきになった。

少女の家は九人家族になる。牡丹江夫人は、最後の根こそぎ召集で夫を軍隊にとられたひとで若かった。

ソ連兵がきたあと、表と裏と、扉に厚い板が打ちつけられる。鍵の開け閉めを厳重にやるようにと父が言う。

噂がニュースになる。持ちこんでくるのは父と近藤であり、父は年内にも引き揚げになるという。職場は閉ざされ、前途はない。手持ちの現金をジリジリ使う生活からも、年内に引き揚げは終ると父は風評を信じたのであろう。

中国人を招き、少女の家にある着物のいっさいを現金にかえるという父の判断は、減ってゆく現金を食いのばす算段であった。父に命じられ、たくさんの乾飯《ほしい》をつくったのもこのころのことである。引き揚げの長距離移動の間の食料である。

父も母も、衣裳《いしょう》持ちというわけではない。だが、母は着物で暮してきたひとで、ふだん着のほかに着物や帯を持っている。モンペをはく生活になって二年弱。着物に執着はないように見えた。

そばで見ていた少女は、藍色に白い絣の一枚を「これは売らないで」とかかえこむ。

「持っては帰れない。みんな売らなきゃならないんだよ」

父はやさしい口調で言い、少女からその着物をとりあげ、積みあげた着物の上においた。父の着物、袴《はかま》や羽織、少女の手を通したことのない着物もこの日、売られる。二棹《さお》あった簞笥《たんす》がカラになり、父と母は上機嫌に見える。いくらで売ったのか、少女は知らない。

赤煉瓦の社宅は、二階建て。一棟が四軒になっていて、ゴミは裏口を出て、専用の捨て場に投じる。二階と共用であり、たまったゴミがどう処理されたのか、少女は考えたこともない。

裏口の左手に洗濯物用の乾場があり、かこいがあって、ベランダのようになっている。石炭庫の開閉口はそこにある。

一日、昼食がすんで、ひとつの部屋にみんな集まっていた。男ふたり、妻であるひとが三人、少女、そしておさない子ども三人。女では母がいちばん年長だが、十二月の誕生日がくるまで、三十七歳、若いのだ。女性たちはあとかたづけなどでからだを動かしていた。

ソ連軍の将校がふたり入ってきたのは、不意のことである。誰かがゴミを捨てにゆこうとして、裏の扉をあけた。その一瞬に、ふたりは押しいった。扉のそばの壁にピッタリはりついていたのだという。

少女はグレイの長袖のシャツにズボン、机に腰かけてリンゴを食べていた。なにを考える間もない。長身の将校のひとりがサーベルをぬいた。

そのきっさきは、少女の胸へきた。

つぎの瞬間、引き寄せられる。少女は相手の顔を見た。ニキビの跡が点々とある顔が少女の顔に近づく。

なにをされようとしていたのか、いまとなってはわからない。

少女は必死でのけぞった。両手が相手の軍服をおす。何秒かが過ぎた。

ロシア語をおぼえて、ソ連赤軍に出入りしていた近藤がなかに入る。このひとがはじめからいたのかどうか。手引きしたのでは、と思われるところもあるが、修羅場にはならない。ふたりは近藤をつれて部屋を出ていった。

戸外へ出ることは自殺行為であり、逃げる場所がない。誰にもなにも言われぬまま、少女は玄関につづく物置の隅に入る。自分の鼓動が聞こえるのではないかとますます小さくなっていたとき、ソ連将校がまたもどってきた。

物置の扉をあけようとする。必死でその手をおさえているのは母で、もみあいになる。少女の眼は四分の一ほどあけられた隙間と、ソ連将校の手と母の手を見ていた。

しばらくもみあったあと、将校はあきらめたのだ。近藤の話によると、「今夜、この一家を皆殺しにする」と捨て台詞《ぜりふ》をのこして出ていったという。

父も母も、ひとことも言葉を発せず、とじた裏口の扉の気配に耳をすませていた。

そのあと、少女は二階の一家に避難する。「無事でよかった」と言われ、その日の夕食はそこの家族とともにとった。

少年にしか見えない十四歳の少女に、あのソ連将校はなにをしようとしたのか。もどってきたとき、ずっと家のなかにいた相棒の将校に、玄関の方にいったと教えられ、物置へきたという。そこで、なにをしようとしたのか。

少女をひきずりださなければ、あの場所で男は目的を達せられない。ものが積みこまれた狭い一隅である。

皆殺しの予告に、少女はおびえる。そして夜、気持が悪くなり、便所にいって吐いた。恐怖とは嘔吐《おうと》をともなうものと、頭のどこかで考えていた。

具体的な体験として、これがすべてである。

もし抵抗しなかったら。もし銃が使われたら。もし少女が失神したら。

ソ連将校は大勢の目の前で少女を犯したのだろうか。人間は、そんなに恥知らずなのだろうか。

この年の十月、社宅をひき払うまでの短い日数の間に、さらに敗戦のみじめさを味わうのだが、ソ連将校にさからった生まの感覚はずっと消えなかった。

平成十一（一九九九）年八月、作品社からジョルジュ・ヴィガレロの『強姦の歴史』が出版された。強姦が裁かれなかった旧体制時代につづけて、十八世紀末、十九世紀、十九世紀末とあり、第五部「二十世紀」は「風俗論争・強姦と今日の社会」のサブタイトルがついている。

二十世紀は、戦争の時代であり、「従軍慰安婦」問題に示される性の暴力がまかり通った時代である。

その時代がどう書かれているか、非常な関心を持っていたのだが、「戦争と強姦」のテーマから著者は完璧《かんぺき》に逃げている。

少女はなにも起きなかったとはっきり言える。しかし、あのとき犯されていたら、少女の人生はどうかわることになったのだろうか。

親子関係はこわれ、近隣のひとたちのヒソヒソ話から、級友たちにジワジワと噂はひろまってゆき、傷をかかえて孤独な日々があろうこと、理に合わないと言っても、通らないであろうし、なにもなかったと言って、通るだろうか。あえて、うばわれ、犯されたと言うことがどんなに勇気を必要とするか、少女は想像できる気がする。この「傷」には、時効はないのだ。

あの日のことを、それから生きた歳月に、両親も少女も、ひとことも口に出したことはない。

母には「ありがとう」と言うべきだったのかも知れない。しかし、親も子も、この話題にいっさいふれない日々を送っている。

少女は昭和四十七（一九七二）年初頭、アメリカとヨーロッパを旅行し、パリから飛んだ飛行機は、雪のモスクワ空港へランディングした。

着陸までモスクワ上空をくり返し旋回したので、雪のなかに民家が埋れるようにあるのをうつくしいと思って見た。夜であった。旋回は、ソ連外相グロムイコが日ソ定期協議のため、モスクワをたつためだったとあとでわかる。

飛行機のドアがひらき、給油の時間を待つべく機外へ出る。階段をおりたところで、少女は凍りついたようになる。

警備のソ連兵が銃を手に両側に立っていた。あの日の恐怖心は、二十七年間、生理の襞《ひだ》にひそんでいたのだ。

第九章　蟄居の日々

敗戦後に少女が経験したのは、ソ連将校の「事件」のあと、思考がとまってしまった、つまり十四歳のまま「瞬間凍結」状態になったことであると思う。

一歩も戸外へ出ない。まるで存在していないように、息をひそめて生きていた。

閉塞《へいそく》という言葉を考えると、日露戦争の旅順港閉塞が思いうかぶ。旅順へ修学旅行にゆき、二百三高地、水師営《すいしえい》と歩き、山上から湾口を見おろして、広瀬中佐と杉野兵曹長のことを思った。ロシア艦隊が港から出てゆかないように、日本は船を沈めて旅順港を閉塞しようとした。歌にもうたわれて、日露戦争は少女の頭のなかにまだ生きていた。

「時代閉塞の現状」を書いた石川啄木《たくぼく》について、少女はまだ、その名前さえ耳にしたことはない。

しいられた閉塞であり、蟄居《ちっきょ》の日がつづく。

一部の鉄道が動きだして、牡丹江夫人は撫順をさして別れていった。ひとの出入りを少女はぼんやりと眺めている。感じる心がとじている。

ある日、裏口の扉をしのびやかにたたいて、少女の父の名をよぶひとがあった。弱い声で名乗るのを聞けば、父が渡満や吉林での満鉄就職その他、面倒をみた一家の、末息子であった。

そのひとは、敦化《とんか》あたりの陸軍病院にいたという。召集令状がくるころ、結核特有の熱と咳《せき》に悩まされていた。それでも赤紙がきて、入隊から間もなく、病院送りになったのだという。

ソ連軍の捕虜になるところを辛うじてまぬかれ、歩いて吉林まできた。少女の家は駅に近く、彼の家は駅から西へ三十分ほどの岔路口《チャールコウ》の満鉄社宅にある。無事に帰れると思ったら、足がいうことをきかなくなったと途切れがちに話をした。

陸軍病院の看護婦に少女は動員されていたのだ。時間と場所がかわれば、少女が看《み》ることになったかも知れない青年である。家族はひとり減ってひとりふえる。寄合世帯の生活を少女は黙ってただ見ていた。

家にあった本は、すべて読みつくした。新しい本はどこからもこない。ラジオの放送もなくなった。閉塞とはそういう暮しである。二発の原爆も、無条件降伏も、そして、昭和二十（一九四五）年八月十四日と十五日の新聞紙面の逆転、生れかわりも、少女は知らない。

子どもたちが退屈するように、おとなたちは引き揚げの「吉報」を待つだけの生活に次第に飽きてゆく。家族の身を守って、手に入るかぎりの食料品で一日一日を暮してきて、このさきどうなるのか。収入はたえている。

焦慮をかくした退屈な男たちは、手なぐさみに鬱《うつ》を散じようとした。

場所は、少女の家の二階。この年一月、母と弟が朝鮮の会寧へいった留守中、深夜の異様な気配に少女と妹が助けを求めたN家が、毎夜の集まりに部屋を提供した。

花札の勝負に現金をかける。少女の父は「遊び人」でもあったが、勝負事に関心がなく、観客としてその座を見ていた。

N家の集中暖房は、スチームのパイプが二本、天井へのび、つぎの家へいく。

勝負がぬきさしならぬ場面になったとき、近藤が怒り声と同時にNの座ぶとんをめくった。

そこにNがかくした一枚の花札があったという。近藤はたちまちNに腕力をふるう。きたない言葉でなじられ、殴られ蹴られ、Nは「許してくれ」とくり返し叫ぶ。

それで終りはせず、近藤の腕力にたえかねたNは、暖房の二本のパイプにすがって天井へ逃げようとした。ひきずりおろされてまた近藤にやられて、わずかな時間のうちに、Nは死んだ。

妻も子も起きて、Nが死んでゆくところを見ていたはずである。警察はとっくに姿を消し、誰も近藤の「殺人」をとがめない。

「Nさんは死んだ。スチームのパイプによじのぼって、最後には殺さないでくれ、と叫んでいた」

帰ってきた父は、母にこの夜の顚末《てんまつ》を語る。少女は耳をすまして聞いていた。

ひとり死んだ。その死はどこへゆくのだろうと思いながら、少女はひとことも言わない。

野戦病院から逃げてきた青年が、数日後、母親の迎えを受けて去っていったときとおなじように、無関心で無言の少女がいた。

出窓に腰かけて、少女は終日戸外を眺めている。中国人の暴動の気配も見えなくなった。鉄道線路ごしに見える竜潭山の黄葉がはじまり、中国大陸の山は、一夜のうちに秋の色になる。

「手がとどく」ほど近い山だが、少女の家との間には、鉄道が走っている。ある日、少女は気づく。貨車の外枠をはるかにこえる高さの円型の機械が運ばれてゆく。一車輛《しゃりょう》だけではない。つぎのも、またつぎの貨車にも、精密そうな構造の大きな機械が積まれている。長い貨車は、北にむかってゆく。それが幾日も幾日もつづいた。豊満ダムを解体して、その機械を持ってゆくのだという。吉林の周辺には、多くの化学工場がつくられ、新しい街になっている。その工場から機械をはずして北へ。ソ連領内のどこかへ持ってゆくのだというひともいる。

爆撃は受けていないから、無傷の現代工場の機械たちである。ひとがつれさられ、機械が運びだされ、それが勝者の戦果なのかと思いながら、少女は出窓に座りつづける。

引き揚げの話は「つい明日」のように父から語られながら、実現しなかった。まだ石炭が十分あったから、毎晩風呂がたつ。風呂に入ったとき、水道の管から紐がつづいているのに少女は気がつく。引っぱりあげると、その先に油紙の包みがあった。中身はお札で、百円札がぎっちり入っている。預金をおろし、着物を売ってつくった引き揚げ資金であると納得し、もっと深く、近藤たちの目にふれないようにと祈りながら、包みをおろした。

望まなくても、閉塞などは一方的に破られる。ものを言わなくなった少女への対応として、近藤が父と話しあったのかも知れない。

これは、書かなければ不公平になると思うので、正直に書く。あの出来事から一カ月以上たった日から、左腕に赤い腕章を巻いたソ連将校が、毎日、少女の家をたずねてくるようになる。

「スパシーバ（ありがとう）」などのロシア語を近藤は家内一同に教えた。青年は「イワン」と名のった。イワンがくると、紅茶がふるまわれ、家族全員がお相伴する午後になった。

イワンは補助憲兵で、身許はしっかりしていると近藤は言う。うつくしいブルーの瞳《ひとみ》を持ち、色白である。モスクワに母がいると言ったというのは近藤の通訳だが、「通訳」の役目を果たすほど、近藤はロシア語を習得したのだろうか。

イワンは長靴をぬぎ、白い布で巻いた両足で部屋へ入り、父の机の前の肘掛《ひじかけ》椅子に座る。

なんということもなく、打ちとけた午後のひとときが過ぎる。

父は会寧にいる義弟のことを気づかっていて、近藤から教えられるまま、「モーイ・ブラート・イッチー・モスクワ」とくり返して言う。「弟はモスクワへいった」と言おうとしていた。イワンはうなずいただけだ。彼は一座の人たちひとりひとりを笑みのこもった眼でみつめる。

微笑に対しては、微笑でこたえるのがひとのいとなみなのか。

そういう日に、裏側の社宅へ女あさりのロシア兵士が入る事件が起きる。近所のひとたちはイワンがきていることを知っていて、助けを求めるひとがやってくる。

立ちあがったイワンはせかされて靴をはくと、少女の母に手をひかれるようにして、現場へ急ぐ。さかいに生垣があり、母はイワンのお尻を持ちあげるようにしていかせた。恐怖はなくて、つよい味方がいるという雰囲気が家中に生れていた。

一日、いつもとおなじような午後、少女は離れた位置に座っていた。緘黙《かんもく》を守ったままである。イワンの眼が少女を見る。ふたつの視線がぶつかりあう。イワンの眼は、笑っていた。少女は笑顔を返す。会話もなにもないが、眼と眼が出合った。

イワンは帰ってゆき、父親は家族にきびしく言いわたす。

「ソ連軍撤退の噂がひろまっている。イワンはつぎになにをやるか、信じるわけにはゆかない」

そして、イワンがノックしたら、少女は天井裏にかくれ、母は結核ということにして、ふとんに横になることがきまる。少女は自分が笑顔を返したことを父が見ていたと思う。

こつ、こつ、こつ。

ノックは三つ、軽い音がする。少女はたちまち天井裏へのぼり、母は口までふとんにからだを埋めた。

いつものように紅茶がふるまわれ、イワンは少女の母を見舞い、笑顔のまま帰っていった。

満州進駐について、ロシアは現在どういう歴史を書いているのか。イワンは日本の「太郎」のようなもので、モスクワだけでも数えきれないイワンがいると聞かされたのは、昭和六十一（一九八六）年のモスクワである。

日本の新聞は、昭和二十（一九四五）年秋、満州のソ連軍年内撤退完了の予想記事をかかげた。少女の父が通信杜絶《とぜつ》の満州で聞いてきた噂は、根拠なしとは言えない。

さらに少女はもう一度、ソ連軍の兵士とまみえたことがある。駅前社宅の日本人が明けわたしを求められたのは十月半ば過ぎであった。となりあったひとたちは、それぞれに身寄りを探して家を明けわたす。

この年の冬は、ゆっくりやってきたと思う。馬が引く大車《ターチヨ》に鍋釜と食器、そして家族の数のリュックサックを載せて、少女の一家は岔路口のS家へ身を寄せた。

Sも父が満鉄に世話した中国戦線帰りで、妻と三人の子が社宅にいる。部屋数は三つ。そこへ近藤の家族三人もいっしょにいく。父も母も、面倒見のいいひとであったし、少女の一家同様、社宅を追われる近藤一家には、いくさきのあてがない。

満州で敗戦をむかえた日本人として、少女は自分たちは恵まれていたと思う。三家族十三人の生活となって、食事は共同炊事になる。主食は高粱になった。日に日に痩せるように現金を食べてゆく生活で、Sは商売を思いつく。

新京と吉林の間に道が通じていて、Sは薬の買出しにゆき、社宅の外の壁に沿って半地下の店を出し、薬屋になった。

治安が安定してきていたと思う。その日、少女はSに頼まれて、半地下の店で店番をしていた。

店番をしながら本を読んでいる少女の前にひとが立った。眼をむけると完全軍装のソ連兵だった。銃をかまえている。少女は緊張したが、顔をあげて兵士の顔を見た。そのままひとことも言わず、兵士は出ていった。これが、進駐ソ連軍と少女の最後の出会いである。日々の暮しのなかで少女は次第に元気になってゆく。祖国から見捨てられた「棄民」生活になれていったのだ。

社宅を出る数日前、父の下で働いていた朝鮮人の畳屋がたずねてきたことがある。少女がおぼえているのは、彼が携えてきた「朝鮮餅」のことだけだ。

正月が近づいても、日本人が餅を食べることなど考えられないときであった。畳屋は自家でつくった朝鮮餅をとどけてくれたのである。

父親はなにも言わなかったが、少女は温い気持が漂っていると感じた。その餅が蒸しパンのようで、パサパサな食感であったことが少女の記憶にのこる。

冬にそなえて母が用意する漬物——胡瓜《きゅうり》のロシア漬と白菜のキムチは、この冬にはつくられない。冬をこえて生活が継続することを、誰も考えていなかったのだ。

日々、なにを食べていたのか、材料をどうやって入手したのか、記憶にカケラもないのはなぜか。少女は共同生活の炊事係であったのに。豚肉とネギを煮たとき、塩が多すぎたことがある。岩田豊雄の小説で「塩が塩を呼ぶ」話を読んだところであった。Sはその読書を見ていたらしい。本を読んでも実地の役には立たないと、Sの笑いには毒があった。

昭和二十一（一九四六）年春、ひとりのロシア将兵の姿も見なくなる。ソ連軍は全面的に撤退し、吉林はいつか中国共産党軍（八路《パーロ》と当時よばれた）の治下におかれ、治安はたもたれている。その日暮しの日本人が商売をはじめ、子どもの売り子が納豆を売る。一種の流行になり、少女の妹も弟も「納豆売り」になりたいと親にせがむ。

大豆は豊富にある。それをやわらかく煮て、納豆菌を植えれば、一夜で納豆になった。九歳と五歳の弟妹は、首からさげる道具をつくってもらって外へ出ていったが、「ナット、ナットー」という呼び声ができない。日本人に売るのだ。なれない「売り子」のなかには、「糸ひきヨーカーン」と手製の羊羹《ようかん》を売った子もいる。

隣組から一家族にひとり、かならず出席するようにと当局の命令が伝わる。当局が誰なのか説明はない。S家のあるじも少女の父も出かけた午後のことで、少女が男装して参加することになった。

雪がつもり、道はかたく凍結しているから、男物の防寒帽子をかぶり、厚地のジャンパーにズボン姿で、男たちの列にくわわった。

かつての日本人小学校の一室に集められ、中国語の訓示があったが、なんの話か少女には理解できない。そしてまた行列をつくって三十分以上雪道を歩いて帰ってきた。

貸本屋がさかんで、そこから借りる本のほか、少女のまわりには本が「あふれるほど」あった。本の持主のおとなたちはほとんど家にいない。少女の人生で、この百日あまりほど、読むというより、食べるように本を読んだ時間はほかにはない。物語をおいかけてパール・バック、アンドレ・ジイド、そして『風と共に去りぬ』も読んだ。頁を伏せて、考えることはなくて、筋だけを追った。読むのは小説だけであったと思う。

敗戦後の何日か、灯火管制が廃止になったが、中国人の襲撃、ソ連将兵の動きをおそれて、灯火をかこう暗い夜を送っている。

岔路口の社宅では、各戸に惜しげなく電気をともす。食べるものが乏しくても、電気はとまることなく送られてきた。そういう一夜、貸本屋の店さきで同級生にあった。手足のよくのびた背の高いひとである。少女は言われる。

「あなた、この間の集合命令のとき行ったでしょう。窓から見ていて、すぐあなたとわかった。女はひとりだった。歩き方もあなたそのものだったのよ」

男になったつもりの少女の自信を打ち砕く証言。このひとが引き揚げ後に、鉄道で投身自殺をするなど、誰が想像しただろうか。

当局の訓示は、「難民収容所で寒さと飢えで死んでゆく日本人がいる一方、まだ社宅で暮しているひとたちがいる。あなたたちは、恥じないのか」ということだった。

このあと、父たちは当番制で難民収容所の給食をはじめる。目の前に少女が学んでいた吉林高等女学校があり、教室にも講堂にも、避難したひとたちが暮していた。朝がくると、着衣をはがれた枯枝のような遺体が、橇《そり》で裏山へ運ばれてゆく。

発疹チフスが猛烈ないきおいでひろがっていた。二重にした絹で細い袋をつくり、樟脳《しょうのう》をつめる。手足と首のまわり、シラミが入ってきそうな場所に樟脳袋を巻いて、Sも父も出かけていった。発疹チフスはシラミの糞を吸ってもうつるという。女学校の講堂には、敷布などを垂らして各家族の境界としているが、発疹チフスの蔓延はとどまるところなしのひろがりである。生きるか死ぬか、運としかいいようのない集団感染であった。

さきに発病したのは、Sである。四十度近い高熱が出て、氷で冷やしている氷嚢に手を伸ばしてなめている。意識はないようだった。

つぎに父が発病した。女たちが苦心して針を運んだシラミよけ袋は、なんの頼りにもならなかったらしい。

S家の二階に陸軍の衛生兵あがりのHというひとがいた。病院もとじられ、医師も斃《たお》れて、無医村状態だったから、このひとはすべて、婦人科の外科手術（中絶手術）まで手がけたらしい。ふたりの病人を二階へ運び、リンゲル液を朝晩打ちつづけてくれたという。

少女は母とともに、父の着ていた衣類を戸外へつるした。零下三十度になっても、シラミは死なない。ひとが路上で凍死しても、シラミは生きていた。

毎朝、女学校の門を出て、裏山へひかれてゆく橇の上の死者たち。栄養失調と高熱と、医師不在の難民生活からの「解放」のように、死者たちは運ばれて、砲台山に掘られた穴へと投じられる。墓標もない。

第十章　内戦下

駅前社宅から岔路口の社宅に移ったあと、S、近藤、少女の家の三家族は、中国共産党の治下にあったと、少女はのちに思う。昭和二十一（一九四六）年早々、ソ連軍将兵の姿は街から消えた。

半地下の薬屋で少女がむきあった完全軍装のソ連兵は、移動するソ連軍の最後の姿だったのかも知れない。

中国共産党について、少女はまったく無知であった。共産主義という言葉も、少女の知識のなかにはない。しかし敗戦から間もなく、吉林の日本人は中国共産党の支配下に入ったことになる。

中国のひとたちのかわり身は早かった。もともと中共寄りのひとがいて、諜報《ちようほう》活動をやり、情報は延安の中国共産党本部にとどいていたという。昭和九（一九三四）年十月から、一万キロ超の道を歩く大西遷ののちに、毛沢東を総大将とする中国共産党軍は、多くの犠牲を出しながら延安に到着する。日本の中国侵略に対して、国共合作して日本と戦おうという提案を、国民党の蔣介石《しょうかいせき》は無視する。

「安内攘外《あんないじょうがい》」が蔣介石の政治姿勢で、日本の侵略に対して、まず腹中の癌《がん》というべき中国共産党を制圧し、ついで日本と戦うとくり返し声明している。

昭和十一（一九三六）年十二月、掃共最前線の軍司令官であった張学良は、出身地東北の姿と自分のおかれた立場を熟視する。延安の共産主義者からの働きかけもあった。西安の街を行進する軍隊は、「戦いつつ家郷に帰らん」と望郷の歌をうたっている。彼らの家郷は中国東北部・満州である。

前線督励にあらわれた蔣介石は、張学良によって身柄を拘束される。世界をゆるがせた西安事変が起き、周恩来も会議に参加して、ここで国共合作がきまる。中国共産党軍は中国国民革命軍の八路軍と新四軍として、対日戦争に入ってゆく。蔣介石が油断して西安で厄にあったように、蔣介石以上に日本は中国軍を蔑視《べっし》した。中国共産党など、一部の日本人以外には、ものの数ではなかったと思う。

日中戦争は昭和十二（一九三七）年にはじまり、いつ終ったのか、どちらが勝ったのか。少女は「中国との戦い」を、ほとんど考えていない。敵はアメリカとイギリス、そして最後にソ連になる。

ポツダム宣言を発表した国々、連合国側に中国があって、昭和二十（一九四五）年八月十五日、日本のポツダム宣言受諾により「勝利」を獲得する国々のひとつが中国であったのだ。

敗戦の満州で帰国を待つ日々、Sと父とが発疹チフスから回復した一日、いきなり玄関がひらき、中国人の公安官が靴のままおしいって、玄関につぐ部屋にいた少女の一家の前に立った。

入ると同時に拳銃《けんじゆう》が何発か発射されたから、父と母、少女、おさない弟妹は両手をあげた。

男たちが吉林市の公安官であることは、黒っぽい制服でわかったが、少女の人生で「ホールド・アップ」はただ一度の経験である。うしろめたい恥ずかしい気持におそわれる。

公安の男たちは、となりの部屋にいた近藤を逮捕して去っていった。

近隣のわけ知りのひとがきて、少女の父に説明する。少女の一家は知らなかったが、近藤は日本女性をレイプしてまわり、かなり有名なひとも犠牲になった。ソ連軍の暴行にまぎれて、近藤の強姦事件があったのだ。

Sは日本人から訴えられるが、Sにとって、近藤はそれまで知らなかったひとである。少女の父に頼まれて、二家族を受けいれたにすぎない。Sは公安官に相談にいった。「逮捕して痛い目にあわせてやろう」。そのために、ある日突然の発砲事件が必要となり、Sはすべて承知の上であったという。父も母も亡くなったあと、Sは「手記」を書いて少女のもとへ送ってきた。後味の悪い「事件」であった。

近藤は幾日かあとに釈放になる。平然として帰ってきた近藤に、少女の父が言う。「出ていってもらいたい」。

近藤は近くの難民収容所の一室に移ったが、最後に捨て台詞をのこす。少女を指して「露助をつれてきて、強姦させてやる」と言ったのだ。

少女は父がこのとき近藤に言わなければならなかった気持がよくわかる。自分たちもS

家の「おしかけ家族」であったのだから。しかし、朝鮮人に対する差別感はなかったとはっきり思う。

敗戦後の満州を書いた本のなかに、凌辱《りょうじょく》した男たちについて、ソ連軍人のほか、中国人があり、朝鮮人がある。夫やわが子の目の前で犯され、自殺したひとの話など、日本人の歴史の負債のようなことが、実際に起こったのだ。人間の欲望と征服欲の分かちがたい行為として。

近藤一家のその後は、まったく知らない。

ソ連軍が撤退し、治安はよくなった。あの日の「当局」のよびだしが中国語でなされたように、吉林市は中国共産党の支配下に入っている。

働いて賃金を得、一日も長く生きのびるため、父はソ連大使館の日やとい労働に通いはじめる。少女にも、勤めに出る話がもたらされる。

太馬路のいちばん大きな四つ角にデパートがあり、たいこ焼の店が出る。その店員にと言われる。月給は四百五十円。

どんなに治安がよかったかの証明のように、父は乗り気であり、少女は喜んで女店員になった。

母たちはときどき集められ、委託された衣類などを売る、ボランティアをやっている。少女の同級生にこの地区の警備総司令だった陸軍大佐の娘がいた。その陸軍官舎は暴徒におそわれ、大佐夫人と娘は、難民収容所で暮している。すべてうばわれ、着のみ着のままである。大佐はとらえられ、シベリアへ送られている。

少女の母は大佐夫人と親しくなる。食べるものにも困っていると聞けば、いそいそと食料を運んだ。大佐夫人と親しくなったことが母の喜びのように見えた。

食料といっても、なれない高粱飯で、痔《じ》持ちの母は排便が難事である。夜ごと、手洗いを出た母は、ペーチカ（ロシア式暖炉）にからだをつけ、涙ぐむ。まだペーチカがたかれていた。少女は痛ましいと思うが、なにも声をかけられない。

アアチャン、「ジガガ」ガイタイノ？

おさない弟はそばへいって、母親に声をかける。母にはその言葉が薬のように聞こえると少女は感じていた。だが、なにも言えない。

働きにゆく少女のために、母はまっ白い布で上っぱりを縫いあげ、赤いビロードの草履をつくってくれる。戦争中、物がなくて苦労したが、はきものはその最たるものだったと思う。少女は最後には、地下足袋《じかたび》をはいていた。それもぼろぼろになり、スケート靴のブレードをはずしたものをはいている。足にあわせたスケート靴ではなく、あれは父のものだったのではないか、紐をしめるのでぬげはしないが、足がなかで泳ぐ。これは引き揚げのときにはいた靴でもある。

たいこ焼屋の女店員になり、給料をもらうには、はきものから考える必要があった。それから生れた赤い草履であり、店についたら草履にはきかえるのだ。

吉林駅と太馬路の四つ角との中間あたりに、Tという日本旅館があり、暴動をまぬかれていた。少女は毎朝、歩いてT旅館へゆき、主人の義妹とつれだって、たいこ焼の道具一式と材料を車輪のついた橇にのせ、「デパート」の店へ運ぶ。

暴動にあったデパートは、すべてが持ちだされ、破壊された壁土が積みあげられて、廃屋になっている。入ってすぐ左手の小さな場所にテーブルふたつと椅子、そしてたいこ焼の屋台ができている。

炭火をおこして火床をつくり、たいこ焼の金具を載せる。熱くなったらそこへといた小麦粉を流しこみ、餡《あん》を入れ、さらに小麦粉をそそぐ。ひっくり返したところへ、化粧の焼印をおす。一度に十個は焼けたのではなかっただろうか。

客は、ひとりもこない。それでも二、三回くり返して焼いた。おねえさんから少女がまかされて、熱した焼印をおしたこともある。それがネズミの模様だった記憶がおぼろにある。

このデパートには、トイレがなかった。むかしはあったのだろうが、所在は不明である。暴動で廃屋になった二階建てのビルの一隅の、ささやかな店であった。どうしたかと言えば、若いふたりとも、我慢したのだ。我慢できなくなると、道をはさんだむかいの中国人宅へ借りにゆく。話がついていた。きれいなトイレなど、望むべくもない。

少女の親しい友人の父親が店に立ち寄ったことがある。その手に、新聞紙に包んだ丸い揚げ団子がある（丸子《ワンズ》と言ったと思う）。それを食べながら歩いてきたことは、すぐにわかる。まだ口が動いていたから。たいこ焼をいくつか買ってもらえた。そのひとが去ったあと、おねえさんがつぶやくように言う。

「日本人も、おもてでものを食べるようになってしまったのね」

少女はぼんやりと友人の父を見ていた。たしかにそれまで、少女は外でものを食べたことはない。戦後の日本人は、こだわりもないように道ばたの物売りから丸子を買い、食べながらこの店へきたとおねえさんは歎《なげ》いたのだ。

またある日、移動する軍隊があった。歌もうたわない。地味な（粗末な）軍服から、少女は中国共産党の軍隊と想像する。中国共産党軍の支配下にあることを、この日少女ははじめて自分の目で見た。まだソ連の軍票が使えていた。

その隊列からひとりの将校が店へ入ってきて、たいこ焼を注文し、テーブルについた。将校マントを着、長い刀（サーベル）をさしている。日本軍の将校であると少女は思う。階級章はない。日本語で注文し、それきり口をきかない。しばらくして出てゆく。日本軍はもうないはずである。「なにが起きているのですか」となぜ聞かなかったのだろう。

そのある日、少女がひとりでT旅館へむけて歩いているとき、飛行機が飛んでくる。低空飛行だったが、爆撃はしない。空襲経験のない少女は、ごく近くに爆音を聞き、とっさにそばの民家にはりついた。

国民党の飛行機であると少女は思う。連合国の勝利のあと、国共の合作が話しあわれ、物別れに終り、内戦がはじまっている。少女はすべてに無関心であり、自分の立つ大地のつづきで、天下わけ目の戦闘がはじまっていると想像もしていない。低空飛行の爆音の下で、「敵」の国民党の飛行機となぜ思ったのか。共産党に飛行機はない、と少女は知っていたのだろうか。

たいこ焼の店に中国公安のひとがたびたびやってきて、買手のつかないたいこ焼を買っていった。態度が大きい、と少女は感じる。少女がいることなど、まったく無視していた。

T旅館のあるじの仕事といわれていたが、店の主人はこの公安であると少女は思う。

店の頭上に万国旗がつるされている。日本を意味する日の丸は、なかったかも知れない。ある日、おねえさんと話しあっていた公安は、ひょいと背をのばし、万国旗の一枚をひきむしると、「これからは……だ」と言った。なんと言ったのか少女は聞きそこなう。

公安官は目さきのきくひとで、たいこ焼の店もやらせ、公安当局のなかでうまく生きていたのではないか。もとは吉林市内の日本人の下で仕事をしていたはずで、かわり身の早さから、公安になっていたのかも知れない。

ちぎった旗は、中国の旗・青天白日旗ではないか、と少女は考える。蔣介石に代表される中国旗をひきちぎり、「これからは中共の天下だ」と宣言することは、公安官の立場をより強固にする言葉であり、このひとは内戦の前途を予想できたのではないか。

米国旗をひきちぎったとも考えられる。中国の内戦にアメリカはマーシャル元帥以下を派遣して、中国国民党支援をしたという。アメリカも中国共産党の民衆浸透のほどを知らなかった。昭和二十四（一九四九）年に新しい中国が生れる。中国共産党の勝利である。いずれにしても、旗をひきちぎって丸め、これからは「共産党だ」と言うのは、タイミングがあっている。

毎日忠実に出かけてゆき、水分はとらない日がつづく。親にも言えない辛抱の日がつづいた。月給は何回もらったのだろうか。

春になりあたたかい午後、父親が店へくる。

「明日、社宅を明けて、兵舎へ移動の命令が出る。みんなに仕度するように言いなさい」

共産党の命令は絶対であり、難民生活の無残さのそばで、いつまで「社宅」にいられるのか、おびえる毎日を過ごしていたのだ。

少女は急いで店を出る。白い上っぱりもビロードの草履もそのまま、女店員がひとり、人気のない街を走った。

岔路口に近い広場に、兵隊が密集している。国共内戦の推移はこのとき、共産軍に不利な時期で、部隊は松花江の対岸へ移動を命じられていた。

少女は軍隊のひととひととの間を走りぬける。

口笛ひとつ吹かれない。

春とはいえ、薄い木綿の軍服姿、手にした銃に赤い木綿糸がゆわえられているのを少女は目にする。

昭和二十一（一九四六）年四月、難民収容所以外に住む日本人はすべて、新たに収容所の共同生活へ移ることになる。

中国共産党の「知恵」であったのか、と少女はくり返して考える。日本人難民はなるべく集合生活をしてもらいたい。平等、という考えもあったかも知れないが、日本人の身分に保証がないことを知らしめたい。日本人は誰も、敗戦時までの特権的な住まいに暮すことは認めないという意味も考えられる。

だがなによりも、国共内戦の戦火が、吉林市に近づいているとき、いくつかの集合場所にまとめて住まわせ、戦火の洗礼を避けさせたいと思った中共軍幹部がいたのではないか。畳の持出しは、当局が許可した。吉林駅や満鉄社宅を通りこしたさきの、旧陸軍兵舎がわりあてられ、それまでの同居者はそのまま、兵舎へゆく。塀にかこまれた旧兵舎は、暴動で屋根と各部屋を仕切る壁をのこしただけで、そこへ運んできた畳がしきつめられる。

奥の窓ぎわにSの一家五人、つぎに少女の五人家族、入口にDさんの家族六人、一畳にふたりというスペースでふとんと各自のリュックがおかれているから、夜寝ると、Sのおじさんの足と少女の足がぶつかりあう。少女が人生で経験するもっとも「狭い」生活がはじまる。

少女の一家は、窓にも入口にも縁がないから、建物をまわった裏側にカマドを築く。そこで煮たきをし、できたものをぐるっとまわって家族のところへとどけることになる。たいこ焼屋は自然消滅する。T旅館のひとたちも、移動させられたはずだが、そのあと、おねえさんに会ったことはない。

カマドの前に大きな穴が掘られ、ムシロでかこまれ、これが共同の便所になる。コレラが大流行してから、飛んでくる蠅《はえ》が恐怖のもとになる。

広場に穴が掘られて、水道の元栓がむきだしになっている。水は昼夜出っぱなしであった。炊事のために石油缶で水を汲んでくるのも、少女の仕事になり、日に日に力持ちになってゆく。

電気はきていて、一晩中室内は明るい。

月も星もないような真っ暗闇の一夜、殷殷《いんいん》という言葉そのものの砲声がひびきはじめる。闇のなかを抛物線《ほうぶつせん》を描いて火がとんでゆく。一晩中つづくこの砲声を「あれは迫撃砲だ」と言ったひとがある。

あの低空飛行につづいて、国共の地上戦がひろがり、松花江をはさんでの攻防がつづいている。「戦争」を目の前にして、少女は茫然としている。これほど近くに火箭《かせん》を見たことはない。どちらが勝つのか、それが少女たち日本人になにをもたらすのか、少女の頭は考えることを停止したままである。

砲声がやんで幾日かたった日の夕方、「国府軍がくる！」という喜びの声が、兵舎の塀のなかにひびきわたり、人々は通りへ出てゆく。少女も人々のうしろに立った。

ジャズを鳴らして軍隊のトラック移動がはじまっていた。「これで帰れる」というおとなの安堵《あんど》の声が聞こえる。軍服も軍帽も「立派」と少女は思う。なぜかアメリカを連想している。

吉林の内戦は、このとき国府軍の勝利に終り、共産軍は松花江にふたつある橋を爆破して引いていった。

その夜から、国府軍軍人による「女狩り」がはじまる。

少女とともに予科練へいくことを熱望した友人の父は、吉林日本人会代表として共産軍に連れさられ、銃殺されていた。

第十一章　旧陸軍兵舎

兵舎は赤い煉瓦でつくられている。

中国軍の兵舎は、グレイのシナ煉瓦であったことが、少女の記憶にある。満鉄の社宅が、煉瓦の色でくっきりと住む人間（民族）の色わけをしていたのと、おなじ発想であろうか。

少女は小学校の三、四年生のころ、兵営見学でここへきたことがある。

兵隊さんが小銃を手にとって、「重いよ、ほら」と少女の手にわたした。よろけそうに重たい銃だった。少女が銃を手にして、照準をあわせようとかまえると、「それはだめ」と急いでとりあげられた。知らないうちに、銃を射つこと、的をしぼることを身につけていたことになる。

軍隊は、少女の暮しのすぐそばにあった。だがいまは、廃墟《はいきょ》と言いたい旧陸軍兵舎である。

暴動を起こした中国人たちは、この兵舎にきて、なにをうばっていったのだろうか。兵隊たちは南方戦線へ、沖縄へと移動させられ、あとを補う兵士の姿はなかった。蚕棚のような寝台、テーブル、そして銃架があっただけではないか。

屋根と外壁だけをのこし、柱も床板も徹底的に持ちさられた兵舎の残骸《ざんがい》。それが二列に十棟くらい並び、周囲は煉瓦塀でかこまれている。

少女にとって、まぎれもない難民の生活は、ここからはじまる。

便所の建物はかつてはあった。それが露天のムシロがけにかわったときから、少女の「生理」はとまる。

洗濯をした記憶がない。着がえしようにも、他人の目から逃れる場所がない。旧兵舎の各棟に、びっしりと日本人が入っていたが、たがいの交遊がまったくなくなる。わが家かぎりの生活をし、夜がくれば眠った。

国はなくなり、ひとりひとりが身を守るほか、生きる道はない。皮をはがれて赤裸の「因幡《いなば》の白兎《しろうさぎ》」のような生活になる。

三家族が足がぶつかりあうほど、狭い場所に寝ている。そのうち、S家の妻が妊ったと知らされる。おとなたちが「敵前上陸だ」と笑いあうのに少女は嫌悪をおぼえる。

旧兵舎にくる以前の住まいでは、水洗便所があった。水は出ていた。ここでは、幼い子が用を足すとき、誰かがつきそう必要がある。板が二枚わたされているだけで、誤って落ちれば大変な、ひどく深い穴があったから。

建物の外に築いたカマドで、三度の食事をつくる。となりのカマドは、隣家の老夫婦のもので、鉄鍋に饅頭《まんじゅう》型のパンをはりつけ、気長に焼いている。

細々と火をたき、それがちょうどいい焼き加減になる。材料は、小麦粉ではない。高粱か稗《ひえ》を粉にひいて、形をつくっている。いいにおいはしてこないが、じつにいい形のパンができてゆくのを、少女はうらやましいと思って見ていた。

高粱が主食になり、たとえば豚肉と野菜と豆腐をいためた一品だけの食事をつくる。雨が降る日は、いささか悲惨になった。傘をさして、消えがちの火を燃やしながらの食事づくりになる。

目の前のムシロをあけて入り、用を足すひとたちが視野のなかで動く。少女は排泄《はいせつ》に過敏な神経を持っていて、頭を振って見ているものを打ち消さなければならない。

小学校五年の修学旅行で北朝鮮へいったとき、列車の便所で誰かが吐いたものを見てしまった。それ以来、神経が「きたない」と反応すると、小学五年生の記憶が連想される。吐きそうになる。

一日に三度、カマドの前で働きながら、少女は首を振るのが癖になった。

新聞もラジオもない生活。本もない。移動するとき、誰も持ってきていない。読むもののない生活である。

四月末にはじまったが、いつ終るのか。誰も確かなことは言えない旧兵舎での日がつづく。あきれるほど長い毎日になった。

ある日、騒ぎが起きる。

離れた別の便所に、赤んぼが産み捨てられていて、大きな声で泣いたという。生命力のつよい子であった。男たちがすこし興奮して、救出作業をする。母親はすぐにわかった様子。

それから二カ月ほどたって、風呂がたてられたことがある。

馬の大きな飼葉おけに湯がはられ、それを浴びるだけの風呂である。百日をこえる旧兵舎生活で、ただ一度きりの風呂の記憶である。

母にささやかれて、少女は棄《す》てられた子とその母親を目にする。母親は「いとしい」という言葉を裸の全身に見せて、小さな赤んぼをぬぐってやっていた。

早い夏がきている。

男たちは使役に出るようになる。

内戦でいったん松花江の対岸へ引いた共産党軍は、川にかかる鉄橋と吉林大橋の破壊をおこなっている。橋をなくすことは、国府軍の北進を阻《はば》む有効な手段であった。旧満鉄の日本人男性にその橋の修復命令が出る。父をふくむ男たちは毎日出てゆく。

早朝から夕方までの作業は、わずかながら日当が支払われるらしかった。「満鉄マン」の誇りを、帰ってきたひとたちが口にするのを少女は聞いている。

ある日、Sは高圧電線にふれる。松花江に落ちたのでいのちは助かったという。電線をつかんだSの手に、火傷のあとがあった。

少女の妹と弟は、ほかの子どもたちとおなじように、店屋さんをやりたいと言う。母は線香を渡す。

ふたりは木陰に「店」を出し、線香を並べて客を待つ。売れたという話はない。

食器はアルミニュームの大小の皿になり、食卓などはないから、新聞をひろげて家族が座る。肩と肩をふれあうように、左右の家族の食事風景があった。

少女は荷物のなかに、反物の残り布があるのをみつける。母親が失った着物の形見ともいえる残り布をまだ持っていたのだ。

父たちを発疹チフスから救ったH家には、妹のお産の手伝いのため敗戦まぎわに渡満した義姉がいた。思わぬ敗戦、そして難民生活になった。このひとは肩身の狭い思いをしている。少女はこの「小母さん」に、城内へ物売りにいこうと誘う。

治安はよくなっていて、女が外へ出ることに危険はなくなっている。なんとか現金を得る必要にかられて、こわいという感情はなくなっている。

ふたりはリュックサックをかつぎ、小一時間かけて城内へいく。

京劇の異様なほど高い声と弦の音がひびきわたっている。小さな広場をみつけ、リュックサックから二、三枚ずつ小布を出して、売りはじめた。

まわりに人垣ができる。「いくらだ?」と言われても、ふたりはうまく対応できない。そのうち、男たちはリュックサックに手をかけた。

少女たちはこの日、「必死」の思いで出かけてきている。いくばくかの現金がほしいのだ。それで、強気になり、抵抗してからだをよじった。殺気といいたいような険悪な空気がたちこめる。その一瞬、割って入った中国人があった。丁寧な中国語で「うちへいらっしゃい」と言い、さらに「空腹でしょう?」とも言う。制された男たちは、黙って引きさがったのだ。

案内されたのは、テーブルと椅子がおかれた土間と、一段高い居室にきちんとたたまれた夜具のある家である。

少女たちはこの家で食事をふるまわれる。主食は稗であり、漬物がそえられていたかも知れない。

「小母さん」は、渡満して時へていないから、中国語はわからない。「おなかがすいているでしょう」と言われて、稗飯を供されて、少女はうなだれる思いになる。中国に住む敗戦国の人間として、少女はまだ、稗飯を食べたことがないのだ。

箸からこぼれる稗飯を食べ、つづく会話のなかで、少女は自分が卑屈になっていること、負けた国のひとりであることを知る。自分で自分を知ったのだ。中国語の初歩会話に「有《ヨウ》没有《メイヨウ》」（ある、ない）がある。「知道《チタオ》」は知っているであり、知らないは「不知道《プチタオ》」になる。

中国男性が質問するなかに、少女の知らないことがあった。「不知道」と言えばいいと少女はわかっている。しかし、

「知道没有」

と答えたとき、少女は自分がいかに卑屈になっているか、生涯忘れることのできない屈辱感を心に刻む。相手の気づかないことである。

日本がどうなっているか。情報杜絶の日々である。昭和二十一（一九四六）年は、戦後の重要な時期であり、前年の八月十五日以降、世界で、日本で、少女の知らない歴史の激動がつづいている。

連合国軍が日本に進駐し、アメリカ、オーストラリアなどの軍隊の占領下になり、沖縄、奄美《あまみ》諸島などの施政権は失われている。

占領がどんなものか、少女の小さな体験が示唆するものはある。ソ連とふたつの中国だった。しかし、GHQやマッカーサー元帥の支配は知らない。「いざ来い　ニミッツ　マッカーサー／出て来りゃ　地獄へ　逆落し」とうたったそのマッカーサーである。

ポツダム宣言に、

「吾等の俘虜を虐待せる者を含む一切の戦争犯罪人に対しては厳重なる処罰を加へらるべし」

と明記され、敗戦直後から戦犯容疑者の逮捕がはじまったことを知らない。逮捕の手が迫ったとき、東条英機陸軍大将が拳銃で自決をはかり、失敗して生きのびたことも知らない。「民主主義」になったことなど、想像もしていない。

いっさいのニュースが遮断され、ラジオは聞くことを禁止されている。収容所への移動荷物にラジオを持ってきた家族はなかった。

居場所を失い、なにが起きているか、明日はどうなるのかわからない。前途をてらす光など、どこからもこない明け暮れがつづく。

少女はひそかに、負けたことで、天皇と加藤完治は罰せられると思っている。天皇のことはよくは知らない。ただ、命令はすべて天皇の勅命によっている。そのひとの責任を少女なりに考えずにはいられないのだ。「人間宣言」など伝えられてもこない。

加藤完治は「開拓の父」とよばれたひとである。「満蒙開拓青少年義勇軍の重要性」を書いている（昭和十三年九月刊『滿洲農業移民十講』所収）。

満州国の建国（一九三二）以来、満州への集団移民をすすめ、各地の小中学校で扇動的な講演をくり返している。とりわけ青少年義勇軍に力をいれ、農業のかたわら、鉄道線路を守って関東軍を補助すると、十四歳以上の少年たちを説得した。

少女が、加藤完治はその責任により、自決しているかも知れないと考えたひとつの情景がある。

旧陸軍兵舎への移動がはじまる日、少女は吉林高女の脇道《わきみち》を歩いていた。前方から四人ほどの日本人が歩いてくる。老人のような足どりである。

すれちがって、少女は自分と同年輩の少年たちであることを知る。着衣はボロボロ、表情に生気はない。なによりも全員髪の毛がなくて、そこに靄《もや》のように細い金色の毛が風にそよいでいた。

少女は即座に満蒙開拓青少年義勇軍の生きのこりであると判断する。ソ連参戦後、彼等は逃れて吉林までたどりつき、女学校の講堂に収容された。間もなく冬。発疹チフスが流行して、同行の友人たちがつぎつぎに亡くなる。おなじようにわずらって、ようやくいのちをとりとめた少年たちなのだ。

親たちがこの姿を見たらなんと思うだろうかと少女は思案する。いのちがあってよかったと思うだろうか。少年たちを満州へかりたてた教師やおとなの責任はある。しかし、誰よりも重大な責任は、加藤完治が負うべきではないか。

戦後、生きのこりたちがはじめて写真集を本にまとめたとき、少女は手紙を出して、一冊求めた。とどいたという礼状に、吉林の路上で生きのこったひとたちとすれちがったことを書いた。

元少年隊員たちは、東京からとどいた申込み状を見て、「年上の姉さん」からと思ったという。しかし改めて「あなたは、妹だった」という返事をもらっている。ひとつかふたつちがいになる。

二・二六事件のあと、内閣は農業移民を国策として決定した。その後、二十年間に百万戸、一戸当り五人として五百万人の移民を送りだす方針を決めている。「昭和」の時代を考えるとき、少女は「満州国」と「開拓団」の問題を考えずにはいられない。

生きのこりとすれちがって、痛切に加藤完治の責任を考えたのだが、少女の思考はそこで止った。歴史のヒトコマと考える習慣などなかった。

学徒動員で水曲柳開拓団へ一カ月いったこと。南下してくる日本人難民中、開拓団の生きのこりは、惨憺《さんたん》としか表現しようのない経験をし、それをかたく封印したこと。女子どもだけの僻地《へきち》で暴徒とソ連軍にかこまれて生きのびたあと、果てのない大地を徒歩でゆくことがどれほど大変か。少女は自分の実地見聞をもとにして想像する。

陸軍も海軍もなくなり、新しい憲法の草案が論議され、二十一年四月の新選挙法による衆議院選挙で、はじめて女性が選挙に参加し、三十九人の当選者を出したことを知らない。五月には極東国際軍事裁判が開廷され、戦争責任が問われることになる。音をたてるように時代がかわってゆき、それは、戦後の日本のあり方を左右することになるのだが、少女は知らない。閉ざされた闇のなかにいる。

国府軍の入城は、引き揚げが具体的な日程に上ることを意味していた。入城の翌日から、旧兵舎に鐘がひびきわたる。鉄のレールを切ってつるし、それをカンカンとたたくのだ。国府軍の将兵が「女狩り」にきたことの警報である。積んだふとんのうしろに身をかくして、少女はどうにでもなれの気持を持つ。

幾日か、三日か四日鐘はなり、それで終る。

引き揚げの準備がはじまった。父たちの希望的観測・夢ではなく、各戸が成員を書きだすよう命じられる。チフスなどの予防接種もはじまって、印刷したものいっさいと、風景と軍人の入っている写真のすべては、持ち帰りを許されないと通達がある。

少女は「わが家」の写真を丁寧に仕分ける。違反する者が出たら、その団体の引き揚げは中絶すると達せられていた。

各難民収容所ごとに引き揚げ大隊が結成されていて、通達はこまかく伝えられる。おそろしいのは、伝染病患者が出た大隊の引き揚げは中止、という通達である。ひとりでも患者が出たら、全体が足止めになる。

広場のむかい側の棟では、チフスの予防注射を受けた女性が発病し、亡くなった。少女のいる棟に、コレラ患者が発生して、石灰をかけた汚物は、ムシロのむこうへ捨てられる。蠅はくる。薄氷を踏むという感じの日々が積みかさねられてゆく。

少女は叔父の写った写真から、軍服姿の叔父を切りとった。叔父一家の消息はまったくなかったが、死んでいるとは想像もしない。徹底して叔父の姿を切り、東京原宿の路上で裁縫の稽古《けいこ》にいっていた日の、ただ一枚の母の写真は、背後の風景のため、捨ててゆく写真のなかに入れる。少女はこの一枚を忘れない。

証明書にはる写真の撮影がはじまる。できてきた写真を見て、「三十代の年増《としま》」のようだと少女は思う。陽にやかれ、化粧気もなく、「風雪」にさらされて、表情のないふけた少女の写真があった。

引き揚げ日本人すべての写真入り「引揚証明書」は、どこへいったのだろうか。

父たちが働いた松花江の鉄橋復旧作業が完成する日がくる。だが、試運転の日、橋は崩れ、機関車は松花江に落ちる。

また復旧作業がはじまる。完成させなければ、引き揚げの日はこないと思っているから、男たちは猛烈な働きぶりになった。

そのころ、旧兵舎へ入ってすぐの棟に、氷屋が店をひらいた。コレラをおそれながら、母は少女を誘って氷小豆を食べにいった。一度ならずである。妹や弟の目を盗んで、ふたりだけの氷小豆。それは文字通りの甘露である。三十代の終り近い母にも、こんな生活はたえられないという思いがあったのだろうか。

第十二章　日本へ

引揚証明書と言いなれてきたが、「吉林市朝陽区第旭一三七八号」と表記のある書類は、「退去証明書」になっている。

「右者東北行営日僑俘管理総処ノ命ニ依リ現地ヲ退去シ日本ニ帰国スル者ナリ」と印刷されている。

本籍地は少女の父が生れた静岡県の下田だが、前住所は、「吉林市朝陽区北大営兵舎ノ二」、つまり難民生活を送っていた旧兵舎の住所が記されている。

「日僑俘」の「僑《きょう》」は「かりずまい」の意味（華僑というよび方がある）。「俘《ふ》」は生捕りした敵人を意味する。

中国で敗戦を迎えた数百万人の日本人が、なぜ引き揚げることができたのか、と問われることがある。中国側にとって、日本人は「日僑俘」とよばれる余計な存在であり、撤退を求められていたことになる。行先地、前住所、家族全員の名前と年齢（かぞえどし）を書き、「日本ニ帰国スル者ナリ」のあとに「右証明ス」と大きな活字がある。

少女の家では昭和十五（一九四〇）年夏に弟が亡くなったあと、父はその遺骨を先祖代々の墓（下田の小さな山の上にあった）に埋葬するべく、日本へ旅をしている。

昭和九（一九三四）年に単身渡満し、翌年妻子をよびよせ、堅気の勤め人としての生活ができたあと、父は一度だけ、故郷に「錦」を飾った。

わが子の遺骨をかかえながらだが、親戚へのみやげ（ロシア・チョコレートなど）をたっぷり持ち、父ひとりのただ一度の帰郷である。

日本の敗戦直後から、いつ帰れるか、いつ引き揚げがはじまるか、日本人難民の願望は、この一点にかかっている。

引き揚げについて、多くの記録があるが、帰った時期、上陸した港（博多や佐世保など）、途中の経過など、ちがいに気づくことが多い。それぞれがそれぞれに、痛切な体験をしたのだ。現地にとどまって、生活を継続するという考えはまったくなかった。

いつ帰れるかという、敗戦直後からの日本人心理に対応する「日僑俘」の呼称である。男たちは使役を引き揚げの前哨戦《ぜんしょうせん》と受けとめて、熱心に働きにいった。橋の修復があり、砲台山の塹壕《ざんごう》掘《ぼ》りがあった。しかし、「暮し」というには遠い旧陸軍兵舎の雑居に、四十歳目前の父の神経は参ったのだと思われる。

黄疸《おうだん》をわずらい、黄色い顔色をして「わが家」のスペースに横になっている父に、少女は「痛ましい」と感じている。「三十女」のような写真にふさわしい、保護者のような気持が少女の胸にある。

その一日、届け物を持って少女は街へ出た。駅近くの四つ角に寺があり、日満寺という。暴動にあって、屋根瓦と柱だけの廃墟になっている。この寺に二年前に亡くなった末弟の遺骨をあずけてあった。満州に墓のある日本人家族はなかったと思う。寺の役割は葬儀をおこなうことと、遺骨をあずかることで、日満寺の本堂にはたくさんの遺骨があった。おそってきた暴徒たちは、金襴《きんらん》地の布に包まれた骨箱をすべて持ちだし、中身を路上にふりまいたという。少女の弟のひとりは、こうして中国の大地へかえった。

日満寺の跡を過ぎたところで、少女は一台の洋車とすれちがう。洋車の客席は高い。乗っていたのは、中国人小学校の仲良し、張少女だった。一瞬目があい、少女は目をそらす。無残な姿の自分と少女は自覚している。明るい陽ざしのなかの一瞬だが、この「出会い」は、何十年も少女の記憶にのこることになる。

このころ、街の一隅で吉林高等女学校が再開されたという。なにもニュースのない生活ではあったが、学校再開の話など、兵舎のなかへはとどいていない。何十日間であっても、この塾めいたものに籍をおけば、敗戦後の一年間の空白を問われて、女学校三年をもう一度やることをまぬかれたであろう。

その日その日が、体力と気力の限界を試しているような雑居生活で、学校「再開」のニュースを少女も両親も聞いていない。

日本人会があり、そこでは東京のラジオを聞いている。十日に一度くらい、ガリ版刷りの日本のニュースがくばられるようになる。

少女の心にのこったのは、日本の農村では、田圃《たんぼ》の水で鯉《こい》を飼うようになったというニュース。稲田の水面を考えた少女は、そんなことはあり得ないと思ってニュースを読んだ。

となりのD家一家には、家族以外の女性がひとりいた。夫を軍隊にとられ、D氏が老父の病床の世話にやとったひと。兵舎に移る前に老父は亡くなったが、女性はＤ家の一員として窮屈な生活のなかにいる。荷物もなにもふくめての一畳にふたりの狭さに、大きな棚がつくられていたが、この女性が寝る場所は、棚の上だった。

夜、昼間読んだニュースの話が三家族の間でとりかわされる。少女は「こんな嘘」と思ったことを口にしない。Ｄ家の女性が屈託のない口調で言う。

「日本じゃ、女性警官が生れたっていうから、私は引き揚げたら女性警官になろうかしら」

そこだけ声が浮きあがり、あとの会話は少女の記憶にのこらない。警官？　女の警官？と思ううち、少女は眠っていたのだろう。

伝染病にかかっている者はいないか、検査がすすみ、収容所別の大隊組織がつくられてゆく。引き揚げが近づいている。

少女は、父の黄疸を不安な気持で見ている。病人は、引き揚げのときあとまわしになる。家族もいっしょである。あとまわしということは、ほとんど打切りを意味していた。

大隊編成に組みこまれ、引き揚げが実際に動きだす。準備がはじまる。

起きだした父に言われて、少女は母を助けて「パン」を焼く。ソフトケーキを焼き、四枚も五枚も重ねる。ずっしり重いかたまりを幾つもつくる。十分に火が通っていれば、四日や五日はもつと父は言う。

少女の家庭では、敗戦の八月中旬以降、父の指示で乾飯をつくった。一年たっても変質していない。日本まで何日かかるのか、未知のその日数、家族五人がなんとか飢えない工夫がこの乾飯と「パン」であった。

年をへて少女は妹に聞く。「兵舎にいたことをおぼえているのなら、そこでなにを食べていたかおぼえている?」

答えは「パンよ」だった。少女はパンなど、当時、何年も目にしたことはない。おさなかった妹は、引き揚げ列車で口にしたあの「パン」の印象がのこったのか。

いよいよ引き揚げの日がきまり、「退去証明書」が書かれる。父の筆蹟である。日附は中華民国三十五年八月十三日、昭和二十一(一九四六)年のこと。行先地は、「山口県佐波郡右田村」

父はわが子の遺骨をおさめに帰国したとき、姉の嫁ぎさきに立ち寄っている。それが、右田村である。一年前に姉一家が引っ越したことを誰も知らない。ほかに頼ってゆくさきはないのだ。

実際の出発は、八月十四日になる。弟妹は下着の着がえをいれた形ばかりのリュックサックを背負う。父も母も、重い荷物を背負う体力はない。どこでも煮たきのできる釜とアルミニュームの食器類。かさだかくて重い荷物は少女が背負う。当面の寝具、野宿にそなえるゴザ、冬に着る衣類と、山のような荷物を少女のリュックにおさめる。

背負うと、誰かに助けられなければ少女は立てない。命令され、旧兵舎からゾロゾロと朝日小学校まで歩く。

校庭に整列した引き揚げ大隊だったが、少女は重荷にたえるべくうつむいている。大隊を率いる日本人から注意があったが、その言葉はすぐに消えてゆく。この校庭で少女はある夏の日、職員室の窓へよじのぼり、担任教師の机の抽出しで成績一覧表を盗み見たのだ。

長い列をつくって、駅へ歩いてゆく。

駅では荷物の検査があり、となりの列がすすむのを待たねばならない。その列のなかに、少女は級友をみつける。軍人であった父親の消息は不明であり、少女の母が親しくなったその母親は、難民生活中に亡くなっていた。

あまりふくれていないリュックサックの上に、くくりつけられたゴザの細い巻きものがある。少女は声をかけないが、その姿を「巡礼お鶴」のようだと思う。

小学校へあがる以前に、芝居の「巡礼お鶴」を見ている。哀れな話と思っていたが、ここで連想が働き、少女の忘れられない記憶のひとつになる。

ここまできても、引き揚げの旅が順調にすすむということにはならない。列車の都合なのかなんなのか、駅で一晩過ごすことになる。

その夜、「満天の星の下で眠る」とはこのこと、という経験をする。ゴザが敷かれ、薄いふとんを敷いて、リュックに寄りかかって眠る。夕食は例の「パン」。水筒の水もある。

列車は、荷台の板に車輪がついただけの「完全無蓋《むがい》貨車」であった。夜のうちに太い柱が打ちこまれ、ぐるっとロープを張りめぐらしてある。外側をリュックサックで固め、ひとびとはその内側につめこまれる。風呂敷を頭上にはって日除《ひよ》けにした。

正午ごろ、列車は動きだす。「ずいぶん特別な日に出発するのだな」と少女は心中に思う。八月十五日正午といえば去年、天皇の玉音放送が流れ、戦争が終ったまさにそのときであった。

カラスが何十羽もとまって夕焼けの空を彩っていた大きな木を過ぎる。すぐに中国人小学校があり、かつてのわが家がある。その土手に日本人女性の姿があった。涙をこぼしながら、「どうぞ御無事で……」と口々に訴えている。

あのひとたちは、あとにつづく「引き揚げ大隊」のひとと思ったが、その境遇は不明である。なぜ見送りに土手へきたのか、なぜ泣いたのか、少女が考える間もなく、十輛は連結された奇妙な引き揚げ貨物列車は南下した。

新京では、皇帝の宮殿跡が荒らされているのを見る。

奉天《ほうてん》（現瀋陽《しんよう》）まで、幾日かかったのだろうか。発車してすぐ、前途の困難が伝えられる。誰も乗車券など持っていない。「退去証明書」によって、日本に帰る。国と国の政治の話しあいでそれはきまり、一大隊千人を超す人たちの移動は無償である。

前方に客車が一輛あり、そこに国府軍側の輸送担当者がいるらしかった。駅でないところで列車はとまる。金品が要求される。「時計か宝石を、もしくは現金を」と前の貨車からひそひそ声で伝えられてくる。

もうなにもないはずの家族から、提供されるものがあった。数時間止った貨車はふたたび動きはじめる。奉天到着以前に何度「臨時停止」があったことか。

完全無蓋貨車からは、ひとがこぼれ落ちた。

「赤んぼが落ちたぞ」と声が伝わって、貨車があともどりしたことがある。落ちた赤ん坊は無事であった。しかし、貨車と貨車をつなぐ連結器の上に居場所をみつけていた青年は落ち、そしてひかれて亡くなった。列車はそのまま進行したのだ。

各家族それぞれの食べものを食べている。困ったのはトイレである。駅について機関車が給水する時間、女たちは貨車の下へ身をかがめて用を足す。もし動きだせばいのちはないかも知れない。だが、誰もそんなことは考えず、生理的に追いつめられれば、ほかに道はなかった。

奉天駅で少女たちの引き揚げ列車は引きこみ線とよばれる列車の溜《たま》り場へ入る。ここでわかったことは、進行を止められて一週間近くなる引き揚げ列車を先頭に、五本の列車が立ち往生していることである。吉林より南方の街からの引き揚げ列車もあった。

当分見込みなしと伝えられたあと、少女の母は思いきった行動に出る。近くの街へ買物に出てゆき、野菜と肉を買って帰る。煉瓦を積んだカマドに釜を仕かけ、御飯をたき、惣《そう》菜《ざい》をつくった。母の決断と勇気を少女は忘れない。誰かにとらえられ、売られてもそれっきり。突然列車の移動命令が出て、母はひとりとりのこされる可能性もある。それを承知の上の行動だった。病み上りの父はなにも言わずに食事を口へ運んだ。いまは体力をつける以外に道はない。父はそれを自覚し、母は具体的に父を助けようとしたのだと思う。

多くの引き揚げ列車の窮状にあって、発車する第一号になったのは、少女のいる引き揚げ大隊である。理由はわからない。満鉄にいた男たちの多い列車であったから、カネと物の使い方をよく知っていた結果といえるのかも知れない。

真昼の原野を汽車は走る。やがて一面の泥の海になる。線路が水のなかに浮いていた。洪水に見舞われたあとだった。そろそろと列車が慎重に進行するのは、冠水して交通杜絶となったあとの、最初の列車として当然のことと知る。

鉄橋をわたる。眼下の濁流に落ちた機関車を少女は見とどける。つぎにつく駅名は、駅舎のないプラットホームと思われるところの標識で知る。「巨流河」とあった。

列車は西へと進む。幾度夕陽を見たのだろうか。時ならぬ停車のほかに、民家の近いところでは、リュックサックをうばいにくる中国人もあった。

巨流河を過ぎ、泥水に舟を出し、水に浮いている西瓜《すいか》を収穫している中国人の姿を見る。長い棹で舟をあやつる親子のようなふたりは、記憶のなかの一枚の絵になる。

この引き揚げ行は、一週間かそれ以上か、メモもなにもないから、記憶の闇のなかにある。

到着したのは、錦県の駅である。荷物の重さにあえぎながら、収容所の門を入る。このとき、はじめて米軍兵士の前を通る。

背の高い、体格のいい男たち、と少女は思う。錦県についてから、蝿が一匹もいないことに気づく。それは、便所にまかれたＤＤＴのせいだった。大地を掘って木材をわたし、屋根も扉もあるトイレの「清潔さ」に少女は解放感を味わっている。

収容所は社宅のようなおなじ規格の家へ、割当てで入る。ここも暴動のせいか、屋根と急ごしらえの扉があるだけだった。

近くに中国人の露天商が並んでいる。白い饅頭がひとつ十円。帰国時、ひとり千円の持ち金が許されるということで、少女はわが家の残金がいくらあるか、案じている。五千円あっても、家族五人、何日食べられるのか予想もつかない。ひもじくても、自分から露天商へいこうとは言えない。

錦県にいる間に、母は少女をおどろかせる行為をした。その日、「中国人のやってるお風呂へいこうか」と言ったのだ。母はなにを考えていたのか、その後、一度も話したことはない。

しかしその日の午後、母は少女を誘って近くの中国人銭湯へいった。少女がおぼえているのは、湯をたたえた黒い石造りの湯船と、人気のないシンとした洗い場の風景だけ。

貨車に揺られ、いのちは無事だったが、すでに人生の垢《あか》にまみれているようなからだを洗いたいと母は考えたのだろうか。石鹼があったのかどうか、記憶はない。弟妹はつれてゆかず、父はひとりでいったのかも知れない。

もうひとつ、母のやった思いきった行為。リュックサックのなかに、父の冬用革ジャンパーがあったのだ。少女はリュックの中身を知らず、それを母が持ちだしたとき、おどろきがあった。

「こんな品、もういらないよね」

と母は言い、どこかで現金に換えてくる。そのカネで饅頭を買って、家中で食べたのだ。

引き揚げの船は小さな半島の一角葫蘆《ころ》島から出る。アメリカの上陸用舟艇が使われるが、アメリカは日本人引き揚げを最優先事項とは考えないから、船出は予定がたたない。

「無為」と言いたい日々が過ぎてゆく。さきになにがあるのか、わからない空間は宙ぶらりんになって、少女の思考は停止状態になっている。

十四歳で日本の敗戦に出合い、十五歳の終り近くに吉林を離れた。少女は敗戦以前の自分を封印し、なにかが欠落した状態のまま、生活者となった。それ以外、なにもない。娘として、姉として、精一杯生きる以外、なにがあっただろう。

錦県ではひとりずつ所持品検査がおこなわれた。本はもとより書いたものいっさいを捨ててきている。写真は少女の担当であったから、錦県でさらにきびしく、風景と軍人の姿をうつした写真を処分した。

病人の出ることをおそれたように、少女は違反をして、属する大隊全体に迷惑のかかることをおそれた。わが家族ひとつの歴史や平穏よりも、大隊全体への余波をおそれている。少女にとっては、それがわが家族を守ることであった。

やっと出発の日がくる。駅ではない鉄道線路の途中が乗車地点で、そこまで歩く。列車を待っている鼻さきに、「チエコ」売りの中国人が商売にくる。チエコというのは糯粟《もちあわ》を蒸していんげん豆をアクセントにした餅で、薄汚れた布をかぶせた切り売りである。少女は母の顔を見る。母は残金をさらうようにして、「これだけ買う」と中国語で言う。日ごろ口にできない中国人の食物が、中国を離れる最後の品になる。味は、忘れた。

列車が客車でなかったのは確かだが、貨車にどのようにつめこまれたのか、十五歳の記憶はない。おぼえているのは列車がカーブを曲ったとき、長い列車の全容を目にしたことだけ。

おりて船まで歩くのが辛い課業になる。少女の親しかった級友は、結核をわずらい、乗船地点へようやくたどりつき、そこで亡くなっている。

「V07」と船腹に書かれた船の甲板まで、大地から梯子《はしご》がかかっている。板に横桟を打ちつけたこの梯子を、両手で一段ずつ確かめるようにはって少女はのぼる。荷物の重さでつぶれそうな少女の必死の知恵である。

出港。夕刻近く、靄の彼方に、遼東半島が見える。

満州との別れ。そして帰ってゆく日本になにも夢のない少女の旅のはじまり。少女はこのとき、「生活者」から「子ども」の領域にもどされたのだ。

おわりに

フォーティーン、十四歳で少女は敗戦に向きあう。

「神風は吹かなかった」と心から思ったフォーティーンの一年、敗戦から十六歳寸前の満州引き揚げまでの一年、二年間の記憶をここに書いた。

記録とよべるものは、なにもない。

あるものは、母親が引き揚げ荷物にしまいこんでいた通信簿だけ。あとは家族の写真。記憶だけをたよりに書いてきて、この〝二年間〟にわたしの「戦争」はあったと思う。

今年三月十五日の「『九条の会』全国討論集会」で話したとき、わたしは体験の若い世代への伝達が、ほとんど不可能に近いと言った。

一九四五年八月の七十年前といえば、一八七五年、明治八年のことになる。

いまも、明治は遠いが、十四歳の少女にとって、想像できない、はるか昔であった。

祖父母が幕末に生れていても、一八六八年の明治維新など、想像もできなかった。体験を語りついでいきたい。

戦争の歴史がくり返されることはたえられないと思う。

十四歳の子のために、七十年前に十四歳であった少女の物語を書こうとした。そこを出発点にして、血のつながるひとたちが、どんな戦争の時代を生きたか、語ってゆこうとした。

しかし、思いは伝わっただろうか。

戦後七十年の総括、感想などを語れと言われるが、前と後と、百四十年間を考えるとき、わたし自身、体験の伝承などないと思える。

中学一年生の十三歳が殺された。「今日」の事件である。加害者は十八歳と十七歳。わたしが語ろうとした、いまは十五歳の子は、「なにも知らない」と言った。

新聞もテレビのニュースも知らなくて、携帯の画面で必要な情報を得ている。

ひどい断絶が、眼前のこととして起きている。学校も両親も知らない。

ＩＴの時代であるという。携帯電話も持たない頑固な「保守主義者」のわたしは、ＩＴ

のひろがる時代の「断絶」にはじめてふれた。

買物のできる一種のカードがある。そこにカードの発行元の連絡先がある。これをひそかに使えば、書類の提示を必要とせず、本人署名もなしで、航空券やほしかった品物が手に入る。

「おれおれ詐欺」の年間被害額は何百億円という数字を、信じがたいと思っている。しかし、ＩＴの時代の影の部分に、ＩＴ「悪用」で動く大小の餌食《えじき》、カネがある。とめどもなく、ＩＴとカネの動く社会で、若くて「無知」な子どもたちは、悪にそまる。戦争がどんなに残酷なものか、戦争下の情報隔絶状態によってどこへ連れてゆかれたかを語るいとぐちとして、少女の物語を書いた。だが、なんという時代になってしまったのだろう。

敗戦後に自決した叔父一家の運命の発端は、叔母の父親が言った「職人風情に娘はやれない」であった。

このひとは、親戚一同のなかでただひとり、息子を東京の大学へやっている。

写真をみていて気がついたことがある。叔母の父となる人の胸に、日露戦争の金鵄《きんし》勲章がさがっていた。明治三十七―三八（一九〇四―〇五）年の戦争の武勲が、娘の恋愛にものをいったのだ。

明治はたしかに遠い。大正も昭和も。

しかし遠い日の戦争が、つぎの世代の不幸とむすびついていることをいま、わたしは気づいた。

老いのくりごとではない。

少年に、わたしはもう一度話をする。この本を書いたことが、無意味にならないことに希望をつないで。

二〇一五年三月　　澤地久枝

本書は、「青春と読書」（集英社）内の連載『フォーティーン』（第一回〜第十二回〔二〇一四年三月号〜二〇一五年二月号〕）を加筆・修正したものである。

ＪＡＳＲＡＣ　出１５０３２００−２０６

図版作製／クリエイティブメッセンジャー

澤地久枝（さわち　ひさえ）

ノンフィクション作家。一九三〇年東京生まれ。四九年中央公論社に入社。六三年「婦人公論」編集部次長を最後に退社。著書に『妻たちの二・二六事件』（中公文庫）、『昭和史のおんな』『滄海よ眠れ　ミッドウェー海戦の生と死』（ともに文春文庫）、『火はわが胸中にあり　忘れられた近衛兵士の叛乱　竹橋事件』（岩波現代文庫）など。八六年菊池寛賞、二〇〇八年朝日賞。

14歳《さい》〈フォーティーン〉満州開拓村《まんしゅうかいたくむら》からの帰還《きかん》

集英社新書〇七八九Ｄ

二〇一五年六月二二日　第一刷発行
二〇二二年六月一五日　第六刷発行

著者……澤地《さわち》久枝《ひさえ》
発行者……樋口尚也
発行所……株式会社集英社
東京都千代田区一ツ橋二－五－一〇　郵便番号一〇一－八〇五〇
電話　〇三－三二三〇－六三九一（編集部）
〇三－三二三〇－六〇八〇（読者係）
〇三－三二三〇－六三九三（販売部）書店専用

装幀……原　研哉
印刷所……大日本印刷株式会社　凸版印刷株式会社
製本所……株式会社ブックアート

定価はカバーに表示してあります。

ISBN 978-4-08-720789-7 C0223

a pilot of wisdom